Gustave LE VAVASSEUR

BIBLIOGRAPHIE DE SES ŒUVRES

(1840-1896)

Par le Comte G. de CONTADES

ALENÇON

E. RENAUT-DE BROISE, Imprimeur & Lithographe

5, PLACE D'ARMES, 5

1898

BIBLIOGRAPHIE DES ŒUVRES

de Gustave LE VAVASSEUR

Tiré à 300 Exemplaires.

Gustave LE VAVASSEUR

BIBLIOGRAPHIE DE SES ŒUVRES

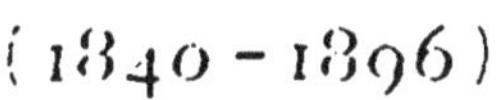

(1840-1896)

Par le Comte G. DE CONTADES

ALENÇON

E. RENAUT-DE BROISE, Imprimeur & Lithographe

5, PLACE D'ARMES, 5

1898

AVANT-PROPOS

Il y a une dizaine d'années déjà, tentant de dresser par fascicules cantonaux la bibliographie du département de l'Orne, l'auteur de cette étude réclama, lorsque ses recherches le conduisirent dans le canton de Briouze, la précieuse collaboration de Gustave Le Vavasseur. Mais il ne le fit point sans quelque timidité. Demander à un poète des notes au lieu de strophes, l'appeler à relever des dates, à constater des formats, n'était-ce pas impertinent et réellement audacieux? Lui plairait-il de descendre du vague divin des rêves à la précision des humaines nomenclatures? Ne répondrait-il pas que ceux qui embrasent les livres de toute la flamme de leur enthousiasme, ne s'entendent guère à les classifier? Mais Gustave Le Vavasseur avait trop la connaissance des suggestions de l'esprit pour ne pas rester au-dessus de ces petits dédains, pour ne pas comprendre que du maniement matériel du livre jaillit souvent, comme de la fleur froissée dans la main, le plus pénétrant arôme : vers ou pensées rencontrés dans le volume entr'ouvert. Il consentit donc à cette collaboration (1) et il devint aussitôt le bibliographe le plus zélé, le plus actif, le plus minutieux.

(1) Gustave Le Vavasseur a été le collaborateur de M. l'abbé Gautier et du comte de Contades, dans l'Essai de bibliographie cantonale consacré au canton de Briouze, et celui du comte de Contades, dans l'étude relative au canton d'Ecouché.

Il plaça d'abord en tête du petit volume une préface, comme lui seul savait les faire, badinage très subtil plein de judicieuses remarques. Puis il se mit à l'ouvrage pour tout de bon. Il dressa des fiches, il les rectifia, il les surchargea d'annotations et de gloses, et celles restées aux mains de son collaborateur, accompagnées de commentaires, petits chefs-d'œuvre d'esprit, fournissent pour observer les livres et les auteurs du pays de Briouze, une lorgnette littéraire digne de Monselet. Et tout cela avec des scrupules souvent excessifs de débutant en bibliographie : « Sommes-nous complets cette fois-ci ? Non certes, mais un peu moins incomplets. Ces petites machines qui n'ont l'air de rien sont compliquées comme un point de dentelle. Je suis sûr que, dans un an d'ici, je trouverai encore quelque chose à ajouter au feston. »

Et cela était certain, car, dès l'année 1883, l'article consacré à Gustave Le Vavasseur eût dû contenir l'indication de dix nouveaux opuscules. Son collaborateur avait du reste tenu à réclamer de lui-même la liste de toutes les publications nées çà et là au gré de sa fantaisie de prosateur ou de poète. Œuvres souvent importantes, mais feuilles légères parfois, dispersées après avoir verdoyé en quelque fête. Le poète consentit à dresser, pour le petit essai bibliographique, comme son bilan littéraire, et, à son actif, il trouva cent dix articles. Témoignage éclatant de la variété, de la souplesse et de la puissance d'un génie très personnel qui, vraiment, s'étendait à tout. Le poète bibliographe fut un peu surpris lui-même et, après avoir constaté que c'était à la demande de son collaborateur qu'il avait ainsi livré les éléments d'une autobibliographie : « Je vous les ai donnés — écrivit-il — par l'infi-

niment menu et je m'excuserais d'avoir été trop complet si la minutieuse exactitude n'était la qualité obligée d'un ouvrage d'érudition locale. » Et s'il était minutieux en parlant de ses ouvrages, il tombait dans le scrupule en présentant ceux des autres, s'inspirant d'ailleurs très justement de cet aphorisme bibliographique: « Si les petites mentions n'engendrent point les grandes reconnaissances, les moindres omissions font naître les grandes rancunes. »

C'est la liste des publications dues à la plume de notre regretté collaborateur, que nous tentons de donner en entier dans cette étude. Depuis seize ans, le nombre en a plus que doublé. Et pourtant, jusqu'au dernier jour, le poète exquis, l'écrivain impeccable resta digne de lui-même. Mais un jour vint où la liste, qui promettait de s'étendre longtemps encore, fut définitivement close, où la dernière couverture fut placée sur le dernier livre. L'heure nous semble donc arrivée de produire cette liste d'une richesse incomparable. Et ce nous est une grande joie de pouvoir aujourd'hui, en témoignage de la profondeur de nos regrets et de la fidélité de notre souvenir, attacher cette sorte de guirlande littéraire, faite de lauriers pour l'historien, de fleurs pour le poète, au socle du buste de Gustave Le Vavasseur.

Le 20 Octobre 1898.

BIBLIOGRAPHIE DES ŒUVRES

de Gustave LE VAVASSEUR

1840

— Napoléon, par Gustave Delorne. *Paris, chez tous les marchands de nouveautés. Imp. E.-J. Bailly, place Sorbonne, 2.* in-8°, 12 p.

Daté de décembre 1840.

1841

— Articles sur le Salon de Peinture et sur les Beaux-Arts.

L'Univers. — Articles non réimprimés. Gustave Le Vavasseur habitait à cette époque la maison Bailly, sorte de pension bourgeoise, dont Bailly, alors directeur de *l'Univers*, était propriétaire.

1843

— Vers. *Paris, Herman frères,* in-18, 223 p.

En collaboration avec Ernest Prarond et A. Argonne (A. Dozon). Baudelaire devait contribuer à ce recueil, et ce fut lui qui demanda à Gustave Le Vavasseur et à Ernest Prarond de s'adjoindre un de ses amis. Au dernier moment, il se retira lui-même. La partie du volume, composée des pièces de Gustave Le Vavasseur, a été tirée à part avec couverture, mais sans titre.

— La Vie de Pierre Corneille. *Paris, Debécourt*, in-18, 472 p.

Publié d'abord dans la série de volumes : *Les Fastes de la France*.

Le reste de l'édition a été mis en vente en 1847, chez Dentu, avec un titre nouveau et un frontispice à l'eau-forte, de Jules Buisson.

— Nouvelle ancienne.

Revue du Calvados (nº de Mai 1843, p. 540 et suivantes).

— Le Sieur de la Boulardière.

Ibid. (nº de Juillet 1843, p. 631 et suivantes). Nouvelles non réimprimées.

1844

— Fragments d'une épopée écrite en voyage de Paris a Rouen.

Publiés dans le *Feuilleton d'Abbevillais* (année 1844), et non réimprimés.

1845-1847

— Pérégrinations de Sylvestre.

La Mosaïque de l'Ouest et du Centre (T. II, p. 236-244. T. III, p. 46-50, 213-220). Articles non réimprimés.

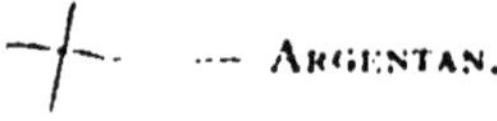

— Argentan.

Ibid. (T. III, p. 6-10).

Un Mari complet, vaudeville en un acte, par R.-P. Radon-Sterne et Civilis. *Abbeville, Jeunet*, grand in-8º, 30 p.

R.-P. Radon-Sterne est le pseudonyme de M. Ernest Prarond. *Civilis* était celui de Gustave Le Vavasseur, déjà employé dans *Vers* (prologue, p. 1-5). A la suite de *Un mari complet*, se trouve

Tout vient avec le Temps, bergerie en un acte, écrite par R.-P. Radon-Sterne, sans collaborateur.

1846

— Poésies fugitives. *Paris, Dentu*, in-18, 220 p.

Illustré de quatre eaux-fortes de Jules Buisson.

1847

— Sonnet liminaire et Sixains, au-devant du deuxième livre des *Fables*, d'Ernest-Prarond *Paris, V. Magen*, in-8°.

— La Diligence Enchantée, Conte Fantastique.

Revue de Rouen (nº de Janvier 1847, p. 29-40). Conte non réimprimé.

1849

— Dix Mois de Révolution. Sylves politiques. *Paris, Michel Lévy*, in-32, IV-239 p.

En collaboration avec Ernest Prarond.

1850

— Farces et Moralités. Préfaces. — Don Juan Barbon. — Pierrot couvreur et roi. — Pygmalion dans son ménage. — Sonnets. — Poésies diverses. — Rhytmes nouveaux. — Épilogue. *Paris, Michel Lévy*, in-18, IV-200 p.

Quelques exemplaires sont illustrés de quatre eaux-fortes de Jules Buisson. L'avant-propos est de Ph. de Chennevières-Pointel. Le 27 Août 1892, Don Juan Barbon a été représenté sur le théâtre du casino de Bagnoles-de-l'Orne, avec la distribution suivante :

Don Juan.	MM. Albert Girault.
La Statue du Commandeur	Charles Destez.
Don Sanche.	Pierre Magnier.
Leporello.	Kerny.
Dolorès.	Mlle Valcour.

1850-1852

— Journal d'Argentan, feuille commerciale, agricole et littéraire de la ville et de l'arrondissement. *Argentan, imp. Barbier*, in-f°.

De 1850 au 2 décembre 1852, Gustave Le Vavasseur dirige la rédaction du *Journal d'Argentan*, feuille hebdomadaire, plus tard *Journal de l'Orne*, bi-hebdomadaire, et donne à cette feuille des articles, des feuilletons (*Lettres d'un campagnard. — Par voies et par chemins*, etc. etc.), et un *Courrier hebdomadaire*.

1852

— Almanach du Département de l'Orne pour 1852. (*Paris, imp. Bailly, Divry et Cie*), in-16, 160 p.

Publication poursuivie sans lacunes jusqu'à nos jours. Nous donnons, à l'Appendice, une Bibliographie détaillée de l'*Almanach de l'Orne*.

— Le Diner du Mardi-Gras, pot-pourri. *Argentan, imp. Barbier*, placard in-f°.

Non réimprimé.

— A Ernest Prarond.

Épitre imprimée à la fin du livre d'Ernest Prarond : *De quelques écrivains nouveaux* (p. 237-257).

— Tintinnabula. Vers et sonnets.

La Mode (n° du 25 Juillet 1852).

1853

— LE SOLO DE VIOLON. Nouvelle.

La Mode (nos des 5 et 15 mai p. 212-221, 372-377), article non réimprimé.

1855

— NOTICE SUR LES TROIS FRÈRES : Jean Eudes, prêtre, fondateur des Eudistes ; François Eudes de Mézeray, historiographe de France, et Charles Eudes d'Houay, chirurgien, échevin d'Argentan. *Paris, Dumoulin*, in-8°, 78 p.

Avec une généalogie de la famille Eudes, gravures dans le texte. Notice vendue au profit de l'œuvre du monument Mézeray élevé à Argentan.

— EXPOSITION UNIVERSELLE. — BEAUX-ARTS. Les Artistes normands. — Les Artistes du département de l'Orne. *Argentan, Barbier*, in-32, 14 p.

Extrait du *Journal de l'Orne*.

1858

— EXPOSITION D'ALENÇON (1858). Les Artistes normands. — Les Industriels de l'arrondissement d'Argentan. *Argentan, Barbier*, in-4°, 76 p.

Extrait du *Journal de l'Orne*.

1859

— SALON DE 1859 (les Artistes du département de l'Orne). Exposition régionale de St-Lô. (Les Artistes normands. — Les Industriels du département de l'Orne). *Argentan, Barbier*, in-16, 43 p.

Extrait du *Journal de l'Orne.*

— Aprilis Laudes. Prose latine. *Argentan, Barbier,* placard in-f°.

Voyez ci-dessous, année 1866.

1860

— Sonnet Liminaire.

En tête des *Derniers contes de Jean de Falaise,* par M. de Chennevières.

1861

— Monseigneur de Salinis, notice biographique. *Amiens, Le Noel-Hérouart,* in-8°, 13 p.

Extrait de *La Picardie.*

— Nos Artistes a l'exposition de 1861. *Argentan, Barbier,* in-16, 14 p.

1862

— Intima. Aux quatre enfants de M. le Marquis de Ch...-P... sur la naissance de son fils Guillaume-Henri. *Argentan, Barbier,* in-8°, 5 p.

1863

— Intima. Aux jeunes lecteurs des *Contes de Saint-Santin.* *(Argentan, Barbier),* in-8°, 8 p.

Réimprimé comme préface de la deuxième série des *Contes de Saint-Santin.*

Illustré d'un dessin d'Angel Thouin.

— Trois Poèmes.

Dans les *Poètes Français*, recueil publié sous la direction de M. Eugène Crépet (T. IV, p. 360-370).

Précédés de la notice consacrée à Gustave Le Vavasseur, par Charles Baudelaire.

1864

— ÉTUDES D'APRÈS NATURE. (Caractères et portraits rustiques. — Impressions de voyage). *Paris, Michel Lévy*, in-18, 201 p.

1865

— EXPOSITION D'ALENÇON. Rapports de MM. Léon de la Sicotière et Gustave Le Vavasseur. *Alençon, De Broise*, in-8°, 30 p.

Le rapport de Gustave Le Vavasseur occupe les pages 19-30.

— INTIMA. A JEANNE (3 Juillet 1865) *Alençon E. De Broise*, in-8°, 8 p.

1866

— APRILIS LAUDES, CARMEN. Chanson latine, avec traduction en regard.

Dans *La Petite Revue*, n° du 21 Avril 1866. Pièce précédée d'une lettre de Gustave Le Vavasseur à René Pincebourde, directeur de *La Petite Revue :* « J'ai cherché dans un tas de paperasses, une complainte, une chanson en prose latine que j'avais faite en Août 1859, et qui eut la même publicité que le *Mardi-Gras* de 1852 (2 à 300 ex. d'une feuille d'annonces).

« Mais je l'ai cherchée en vain. Piqué au jeu, à l'aide de notes éparses, coupant le vert et le sec, l'inspiration du moment et le souvenir envolé, j'ai recomposé ce que vous pouvez lire plus bas. »

— CROQUIS A LA PLUME. Esquisses picardes. *Amiens, Lenoel-Hérouart*, in-8°, 27 p.

Extrait de *La Picardie*.

— Discours prononcé pour l'inauguration du monument Mézeray à Argentan, le 10 Septembre 1866. *Alençon, De Broise*, in-8°, 15 p.

— Inter amicos. *Paris, H. Plon*, in-18, 174 p.

Illustré d'une reproduction photographique du médaillon de Gustave Le Vavasseur, par Le Harivel-Durocher.

1867

— Un Chapitre de l'Histoire de l'Art en Province. *Amiens, Caillaux*, in-8°, 16 p.

Étude lue en séance publique du Congrès Scientifique à Amiens, le 4 Juin 1867.

1868

— Intima. Souvenir du 21 février 1868. — Prologue, églogue, épilogue. *Amiens, Lenoel-Hérouart*, petit in-4°, 12 p.

— Intima. Pour le baptême de Louis-Charles-Victor Lautour (24 octobre 1868). *Caen, P. Le Blanc-Hardel*, in-32 non paginé (7 p.).

— Intima. Souvenir du 24 décembre 1868. Baptême. *Caen, Le Blanc-Hardel*, in-32, 5 p.

— Banquet de comice. Lettre au *Journal d'Alençon*. *Alençon, E. De Broise*, in-8°, 19 p.

— De quelques petits Poètes Normands, contemporains de Malherbe. *Caen, Le Blanc-Hardel*, in-8°, 76 p.

Extrait de l'*Annuaire Normand* (35e année, p. 488-509).

— Association Normande. Session à Flers, en 1868. Rapport sur les écoles de dessin. *Flers, Follope*, in-8°, 7 p.

Publié dans l'*Annuaire Normand* (35e année, p. 307-309).

— AD PIUM IX.

Ode latine publiée dans l'*Apis romana* (Augustus 1868, p. 236-237).
(V. ci-dessous, année 1872).

1869

— COURRIER D'ITALIE (Février-Mai 1869). *Alençon, E. De Broise*, in-8°, 159 p.

Lettres publiées dans le *Journal d'Alençon*.

— INTIMA. Souvenir du 27 Septembre 1869. *Amiens Lenoel-Hérouart*, in-32, 5 p.

— NOTICE BIOGRAPHIQUE sur M. le Comte de Vigneral, directeur de l'*Association Normande*. *Caen, Le Blanc-Hardel*, in-8°, 14 p.

Extrait de l'*Annuaire Normand* (36e année, p. 530-540).

1870

— SCRAP-BOOK. Picardie, 1858-1870. *Amiens, Lenoel-Hérouart*. Grand in-8°, 292 p.

— INTIMA. Souvenir du 10 mars 1870.
(Cinquantaine de M. et de Mme Renard-Dorville). *Amiens, Lenoel-Hérouart*, in-32, 11 p.

1871

— BIBLIOGRAPHIE. *Les Chasses de François Ier, racontées par Louis de Brézé, sénéchal de Normandie*, précédées de *Les Chasses sous les Valois*, par le comte H. de la Ferrière. *Alençon, E. De Broise*, in-8°, 8 p.

1872

— JEAN DE PARIS. Étude historique en vers. *Amiens, Lenoel-Hérouart*, in-8°, 32 p.

— INTIMA. Souvenir du 29 avril 1872. (Mariage de Émile Renaut et Aline De Broise). *Alençon, E. De Broise*, in-32, 7 p.

— S. S. PAPÆ NOSTRO PIO IX, Carmen dicatum. *Parisiis. Le Coffre*. In-f°, avec plain-chant.

Ode publiée d'abord dans l'*Apis romana*. La musique est du P. Le Vavasseur, frère de l'auteur. Un exemplaire de cette ode, adressé au Pape Pie IX, est conservé dans la bibliothèque du Vatican.

1873

— SOUVENIRS DE COLLÈGE (19 février-11 mai). Toasts portés aux banquets des anciens élèves de Juilly. *Paris, A. Chaix et Cie*, in-8°, 13 p.

— LES TRIPES, par deux Normands. *En Normandie, chez tous les libraires. Alençon, E. De Broise*, in-8°, 8 p.

— DEUX TOASTS portés à l'Association normande (Eu, 21 juillet 1872 ; Damville, 13 juillet 1873). *Alençon, E. De Broise*, in-8°, 8 p.

Publiés dans l'*Annuaire Normand* (39e année, p. 273, 40e année, p. 299-303).

— BIBLIOGRAPHIE. *La Normandie à l'étranger*, par le Comte H. de la Ferrière. *Alençon, E. De Broise*, in-18, 18 p.

— LA CHAPELLE ST-PIERRE A RASNES. *Alençon, E. De Broise*, in-8°, 7 p.

— VERS.

Dans *la Littérature française*, lectures choisies, par le colonel Staaff (T. III, p. 841-842).

Précédés d'une notice.

1874

— INTIMA. Souvenir du 1er Juin 1874 (mariage). *Amiens, Delattre-Lenoel*, in-32, 19 p.

— BIBLIOGRAPHIE. *Érasme, étude sur sa vie et ses ouvrages*, par Gaston Fugère. *Alençon, E. De Broise*, in-8°, 10 p.

— SOUVENIR DU 12 JUILLET 1874. Toast porté au banquet de l'Association normande à la Ferté-Macé. *Alençon, E. De Broise*, in-8°, 8 p.

Publié dans l'*Annuaire Normand* (41e année, p. 371-376).

— LOCUTIONS NORMANDES tirées de divers auteurs. *Alençon, E. De Broise*, in-8°, 55 p.

Extrait de l'*Annuaire de l'Orne pour 1874* (2e partie, p. 1-35).

— ÉTUDE SUR LE RÔLE DE QUELQUES POÈTES PENDANT LES GUERRES DE RELIGION. *Caen, Le Blanc-Hardel*, in-8°, 39 p.

Extrait de l'*Annuaire Normand* (40e année, p. 428-464).

— DEUX SONNETS : *Ut flos in septis. — Le Pater du roitelet.*

Dans l'*Almanach du Sonnet* (p. 87-129).

1874-1879

— SONNETS DIVERS : 5 juillet 1874. Souscription, sonnet. — 26 juillet 1874. Souvenir d'un distique, sonnet. — 9 août 1874. *Par pari*, sonnet. — 30 août 1874. Sonnet. — 4 octobre 1874. Triolets. — 1er décembre 1874. Comme quoi 14 vers ne font pas un sonnet, sonnets. — 15 janvier 1875. Minuit, sonnet. —

15 février 1875. Changement d'adresse, sonnet. — 13 mars 1875. Triolets. — 18 septembre 1875. Bigarrures. — 10 novembre 1875. Sonnets. — 15 mars 1876. Sonnet. — 27 décembre 1876. Sonnet. — 22 décembre 1877. Sonnet. — 10 février 1878. Sonnet. — 10 mars 1878, *Erratum*. — 18 mars 1879. Trois sonnets.

Dans *Le Sonnettiste*, journal hebdomadaire, puis mensuel, publié successivement à Tarbes, à Roanne et à Paris.

1875

— Épitre aux vivants et aux morts. *Caen, Le Blanc-Hardel*, in-8°, 17 p.

Extrait du *Bulletin de la Société des Antiquaires de Normandie* (T. VII, p. 352-363).

— Souvenirs de collège. 2e fascicule. Toast porté au banquet des anciens élèves de Juilly. *Paris, V. Goupy*, in-8°, 13 p.

— Un Chapitre d'Art Poétique. La rime. (*Paris, Alphonse Lemerre*), gr. in-8°, 31 p.

Illustré d'un dessin à la plume de J. Buisson.

— Intima. Souvenir du 14 juin 1875. *Amiens, Delattre-Lenoel*, in-32, 11 p.

— Intima. Souvenir du 8 novembre 1875 (mariage). *Paris, E. Plon*, in-32, 11 p.

— Compte-rendu du Salon de Peinture (2 mai-11 juin 1875).

Dans *Le Français*, 14 articles non réimprimés.

— Aux Granvillaises. Toast porté au punch offert à l'Association Normande, le 18 Juillet 1875. *Granville, M. Cagnant*, placard à 2 col.

Publié dans l'*Annuaire Normand* (42e année, p. 412-413).

1876

— Souvenir du 6 Mars 1876. Sacre de Mgr Carmené, évêque de la Martinique. Toast. *Paris, typ. Lahure*, in-8°, 2 p.

— Souvenir du 15 Juillet 1876. — Toast porté à Bayeux, à l'inauguration de la statue de M. de Caumont. *Paris, E. Plon*, in-8°, 8 p.

Illustré d'une gravure.

— Compte-Rendu en Vers de *Mes Pages intimes*, par Daniel Gavet. (*Paris, E. Plon*), in-8°, 14 p.

— Épitre à M. Julien Travers, secrétaire de l'Académie de Caen, à l'occasion de ses *Regains*. *Caen, Le Blanc-Hardel*, in-8° 16 p.

Extrait des *Mémoires de l'Académie nationale des Sciences, Arts et Belles-Lettres de Caen*.

1877

— Toast porté à Saint-Valéry-en-Caux, au banquet de l'Association Normande, le 8 juillet 1877. *Paris, E. Plon*, in-4°, 4 p.

Illustré de deux gravures empruntées aux *Chants et Chansons populaires de la France*.
Publié dans l'*Annuaire Normand* (45e année, p. 517-520).

— Comice Agricole d'Argentan. Toast porté à la Ferté-Fresnel le 15 septembre 1877. *Caen, Le Blanc-Hardel*, in-8°, 7 p.

— Dans les Herbages (Les Échos Suisses. Le Curé de St-Gérebold. Les Amours de Jacqueline) *Paris, E. Plon*, in-18, 543 p.

Les nouvelles réunies sous le titre *Dans les herbages*, avaient été publiées en feuilleton dans le journal *Le Français*, et reproduites par diverses feuilles de la province et de l'étranger.

Ouvrage couronné par l'Académie Française.

Quelques exemplaires sont illustrés de gravures sur bois.

1878

— Souvenirs de Collège. 3e fascicule. *Paris, Goupy et Jourdan*, in-8°, 6 p.

— Une Petite Conférence écrite. *Alençon, E. De Broise*, in-18, 12 p.

Extrait de l'*Almanach de l'Orne*. Illustré de gravures.

— Lectures à l'Académie d'Amiens. Trois versions; trois thèmes (séance du 25 mars 1874). En lisant Antoine et Théocrite (séance du 29 Décembre 1877). *Amiens, H. Yvert*, in-8°, 31 p.

— Toast porté à Vernon, au banquet de l'Association Normande, le 7 Juillet 1878.

Dans l'*Annuaire Normand* (46e année, p. 322-325). Ce toast n'a pas été tiré à part.

— Remarques sur quelques expressions usitées en Normandie, leur emploi par certains auteurs, leur origine, leur étymologie, etc. *Caen, Le Blanc-Hardel*, in-8°, 106 p.

Seconde édition augmentée des *Locutions normandes*, publiée d'abord dans l'*Annuaire Normand* (45e année, p. 121-224).

— Notes.

Données dans *Abbeville à table*, par Ernest Prarond. (Ch. ii, note 3 ; ch. iii, note ; ch. xiii, notes 1-5 ; ch. xxii, note 5).

— Toast porté au banquet du comice agricole d'Argentan (14 Septembre 1878). *Alençon, E. De Broise*, in-8°, 8 p.

1879

— Le Salon de 1879. *Alençon, E. De Broise*, in-8°, 16 p.

Extrait du *Journal d'Alençon*.

— D'OU PARTIRENT LES ASSASSINS DE ST THOMAS DE CANTORBÉRY. *Alençon, Marchand-Saillant*, in-12, 12 p.

Extrait de l'*Annuaire de l'Orne pour 1879* (p. XIII-XVI).

— SOUVENIRS DE COLLÈGE. 4e fascicule. Toast porté au banquet des anciens élèves de Juilly. *Paris, E. Plon*, in-8°, 8 p.

Avec un portrait de G. Le Vavasseur.

— TOAST porté au banquet de l'Association Normande, à Argentan (14 Juillet 1879). *Alençon, E. De Broise*, in-8°, 8 p.

Publié dans l'*Annuaire Normand* (47e année, p. 254-258).

— INTIMA. Souvenir du 26 Août 1879 (Mariage). *Alençon, E. De Broise*, in-32, 7 p.

— SOUVENIRS DU COLLÈGE D'ARGENTAN (1828-1833). *Paris, E. Plon*, in-8°, 16 p.

— TOAST porté à la mémoire de M. Guitton de Surosne, ancien principal, au banquet de l'Association Amicale des anciens élèves du collège d'Argentan, le 3 Août 1878.

Illustré de dix dessins de L. Breton.

— NOTICE BIOGRAPHIQUE sur M. Le Harivel-Durocher, sculpteur. *Caen, Le Blanc-Hardel*, in-8°, 55 p.

Extrait de l'*Annuaire Normand* (48e année, p. 463-494).

— EPICEDIUM, chant funèbre. *Caen, Le Blanc-Hardel*, in-8°, 16 p.

Extrait du *Bulletin de la Société des Antiquaires de Normandie* (T. IX, p. 381-391).

— PRÉFACE EN VERS.

En tête de *Sous les pommiers, poésie*, par Paul Harel (p. 7-15).

— D'Anvers a Paris, par l'express de 3 h. 15 (Décembre). Fantaisie grammaticale. *Amiens, Delattre-Lenoel*, in-8°, 8 p.

— Monsieur F. Pouy, auteur des Recherches sur l'Orfèvrerie et la Bijouterie. *Amiens, Lenoel-Hérouart*, in-8°, 9 p.

Extrait de *La Picardie*.

1880

— Intima. Souvenir du 3-4 Janvier 1880. (Baptême de Madeleine Renard). *Amiens, Delattre-Lenoel*, in-32, 20 p.

— Intima. Souvenir du 29 Avril 1880. (Mariage). *Paris, E. Plon*, in-32, 8 p.

— Chansons de geste et Légendes (la Blanche-Nef. — Éléonore d'Aquitaine. — Res gestæ sub Henrico secundo et Ricardo quarto). *Caen, Le Blanc-Hardel*, in-8°, 32 p.

Extrait des *Mémoires de l'Académie des Sciences, Arts et Belles-Lettres de Caen*.

— Toast prononcé au banquet des anciens élèves de Juilly, (2 Mai 1880).

Publié dans le compte-rendu spécial, et un tiré à part.

— Lectures a l'académie d'Amiens sur le quai Voltaire (séance du 28 Février 1879). Nature morte (séance du 28 Décembre 1879) *Amiens, H. Yvert*, in-8, 18 p.

— Préface en Vers.

En tête de *Gousses d'ail et Fleurs de serpolet*, par Paul Harel (p. 1-8).

— Toast prononcé à Valognes, le 11 Juillet 1880, au banquet de l'Association Normande.

Annuaire Normand (48e année, p. 233-235).

— VERS lus à la séance annuelle de la Société des Antiquaires de Normandie (16 décembre 1880). *Alençon, E. De Broise*, in-8°, 6 p.

Publiés dans le *Bulletin de la Société des Antiquaires de Normandie* (T. XI, p. 230-233).

— PAYSAGE.

Pièce donnée dans le *Salon-Bibliothek, Parnasse français*, anthologie publiée à Leipzig.

1881

— TOAST latin et français porté au banquet des anciens élèves de Juilly (8 mars 1881). *Saint-Cloud, Adin et fils*, placard in-8°.

Texte latin et traduction en regard. Illustré d'une gravure.

— TOASTS portés à l'Association normande, à Orbec, et au comice d'arrondissement d'Argentan, à la Ferté-Fresnel. (Juillet 1881). *Alençon, Renaut-De Broise*, in-4°, 8 p.

Le premier de ces toasts est publié dans l'*Annuaire Normand* (48e année, p. 112-126).

— ASSOCIATION AMICALE DES ANCIENS ÉLÈVES DU COLLÈGE D'ARGENTAN. Toast publié dans le compte rendu spécial, et non tiré à part.

— INTIMA. Souvenir du 15 novembre 1881 (mariage). *Alençon, Renaut-De Broise*, in-32, 13 p.

— ORIGINE DU POINT D'ALENÇON, par Mme G. Despierres. Compte-rendu. *Alençon, Renaut-De Broise*, in-8°, 10 p.

Extrait du *Bulletin de la Société Historique et Archéologique de l'Orne* (T. I, p. 334-343).

1882

— BRIOUZE. Quelques observations au sujet des Chartes normandes de l'Abbaye de Saint-Florent, relatives au Prieuré de Briouze.

Bulletin de la Société Historique et Archéologique de l'Orne. (T. I, p. 35-36).

— Les Artistes du département de l'Orne au salon de 1882.

Ibid. (p. 200-206).

— Rapport sur les travaux de la Société pendant l'année 1882.

Ibid. (p. 267-272).

— Œuvres et Brochures diverses.

Ibid. (p. 344-347).

— Toast porté au banquet des Élèves de Juilly, à Juilly, le 8 Mai 1882. *Paris, Chaix,* in-8°, 8 p.

Reproduit dans *Le Monde* (15 Mai 1882).

— Toast aux Dames Patronnesses, au banquet des Cercles Catholiques, le 8 Mai 1882.

Dans le compte-rendu spécial.

— Toast porté à Bolbec, le 2 Juillet 1882, au banquet de l'Association Normande.

Dans l'*Annuaire Normand* (49e année, p. 251-256).

— Le Cabaret de la Pomme d'or, poésie. *Meulan, imp. de la Société Philotechnique,* in-8°, 7 p.

Lue à la séance publique de la Société philotechnique de Paris le 18 Mai 1882.

— Les Vingt-Huit Jours du Caporal Ballandard. *Paris, P. Ollendorff,* in-18, 193 p.

En collaboration avec Paul Harel; publié en feuilleton dans le *Journal d'Alençon* et dans *Le Messager de l'Orne.*

— La Dame des Tourailles. Légende en vers. *Alençon, Renaut-De Broise*, in-8°, 8 p.

Ce poëme, le chef-d'œuvre de G. Le Vavasseur, fut lu, le 26 octobre 1882, à la première séance publique de la Société historique et archéologique de l'Orne et, le 23 novembre suivant, à la séance annuelle de la Société des Antiquaires de Normandie. Publié d'abord dans le *Journal d'Alençon*, il ne fut point, par une interprétation trop stricte du règlement, donné dans le *Bulletin de la Société historique et archéologique de l'Orne*, mais il fut publié dans le *Bulletin de la Société des Antiquaires de Normandie* (T. XIII, p. 65-70). Réimprimé en 1887, (*Alençon, Renaut-De Broise*, in-8°, 8 p.), il a été donné dans les *Poésies complètes* (T. III, p. 95-103) et dans les *Œuvres choisies* (p. 89-95). *Le Val-Marie*, bulletin mensuel du pèlerinage des Tourailles, l'a reproduit dans les n°s de Mars, Avril et Mai 1896.

1883

— Bibliothèque ornaise. Canton de Briouze. Essai de bibliographie cantonale. *Paris, H. Champion*, in-16, 102 p.

En collaboration avec le comte G. de Contades et l'abbé Gaulier. La préface tout entière est de Gustave Le Vavasseur.

— Les Artistes du Département de l'Orne à l'Exposition de 1883. *Alençon, Renaut-De Broise*, in-8°, 42 p.

Extraits du *Journal d'Alençon* et du *Bulletin de la Société Historique et Archéologique de l'Orne* (T. II, p. 150-160).

— Banquet Annuel des anciens élèves du Collège de Juilly (6 Mai 1883), sous la présidence de M. Gustave Le Vavasseur. *Paris, Chaix*, in-8°, 55 p.

— Toast porté au banquet de l'Association normande, à Bernay, le 1er juillet 1883. *Alençon, Renaut-De Broise*, in-8°, 8 p.

Publié dans l'*Annuaire Normand* (50e année, p. 375-378).

— Beati Mortui. Vers lus à la clôture de la retraite. Séez, 22 Septembre 1882. *Séez, Montauzé*, in-8°, 8 p.

— La Vengeance d'Ursule. *Paris, Sauton*, in-12, VIII-164 p.

— Bibliographie. *Alençon, Renaut-De Broise*, in-8°, 23 p.

Extrait du *Bulletin de la Société Historique et Archéologique de l'Orne* (T. II, p. 279-301).

— Rapport sur les travaux de la Société Historique et Archéologique de l'Orne.

Ibid. (p. 39-50).

— Argentan (20 minutes d'arrêt) *Alençon, Renaut-De Broise*, in-8°, 22 p.

Extrait du *Bulletin de la Société Historique et Archéologique de l'Orne* (T. III, p. 121-134).

— Conseil Général de l'Orne. Rapport de M. Gustave Le Vavasseur, sur l'École Normale d'Institutrices. *Alençon, E. Renaut-De Broise*, in-8°, 4 p.

Extrait des *Procès-Verbaux du Conseil Général de l'Orne.*

1884

— Intima. Souvenir du 31 Janvier 1884. *Amiens, Delattre-Lenoel*, in-32, non paginé (13 p.).

— Intima. Souvenir du 3 février 1884. *Amiens, Delattre-Lenoel*, in-32, non paginé (7 p.).

— Bibliothèque ornaise. Canton d'Écouché. Essai de bibliographie cantonale. *Paris, H. Champion*, in-16, XXXIX-49 p.

En collaboration avec le comte G. de Contades.

— Marie. Poésie lue à la séance publique de la Société philotechnique le 18 mai 1884. *Meulan, imp. de la Société philotechnique*, in-8°, 7 p.

— Les Artistes du Département de l'Orne à l'Exposition de 1884. *Alençon, Renaut-De Broise*, in-8°, 7 p.

Extrait du *Bulletin de la Société Historique et Archéologique de l'Orne* (T. III, p. 227-232).

— Réflexions sur quelques œuvres d'art exposées au salon de 1884.

Revue de la Révolution (T. III, p. 468-483).

— Excursion au Chateau du Renouard.

Annuaire Normand (52e vol. p. 245-257).

— Toast porté au banquet de l'Association Normande, à Vimoutiers, le 6 Juillet 1884. *Alençon, Renaut-De Broise*, in-8°, 22 p.

Publié dans l'*Annuaire Normand* (51e année, p. 319-322).

— Fantaisie Municipale. Poésie. *Meulan, imp. de la Société Philotechnique*, in-8°, 8 p.

— Compte-rendu des travaux de la Société Historique et Archéologique de l'Orne.

Bulletin de la Société Historique et Archéologique de l'Orne. (T. III, p. 451-455).

— Les voyageurs pour la ligne de Domfront. Poésie. *Alençon, Renaut-De Broise*, in-8°, 24 p.

Illustrée d'une vue des *Ruines du Château de Domfront.*

Extrait du *Bulletin de la Société Historique et Archéologique de l'Orne* (T. III, p. 461-482).

1885

— Intima. Souvenir du 11 février 1885. *Alençon, Renaut-De Broise*, in-32, 8 p.

— Alençon, les Nouvelles Verrières de l'église Notre-Dame. *Alençon, Renaut-De Broise*, in-8°, 10 p.

Extrait du *Journal d'Alençon* (26 Février 1885).

— Fin de saison, poésie lue à la séance publique de la Société Philotechnique, du 17 Mai 1885. (*Meulan, imp. de la Société Philotechnique*), in-8°, 11 p.

— Toast porté au banquet de l'Association Normande à Coutances le 12 juillet 1885. *Alençon, Renaut-De Broise*, in-8°, 6 p.

Publié dans l'*Annuaire Normand* (52e année, p. 351-355).

— Intima. Souvenir du 10 Août 1885. *Alençon, Renaut-De Broise*, in-32, 8 p.

— Rapport sur les travaux de la Société Historique et Archéologique de l'Orne.

Bulletin de la Société Historique et Archéologique de l'Orne (T. IV, p. 219-227).

— Le Lièvre de Besdon.

Ibid. (p. 255-262).

— Sonnets aux Poètes Normands. *Caen, Le Blanc-Hardel*, in-8°, 12 p.

Extrait du *Bulletin de la Société des Antiquaires de Normandie* (T. XIII, p. 403-412).

— Ludus sæcularis. His solemnibus libertatem Abbavillæam septingenta sæcula natam salutabat major E. Prarond adjuvantibus Gustavii Le Vavasseur pretiosis carminibus dexterique Ris-Paquot imaginibus. *Ambiani typis Delattre-Lenoel*. pet. in-4°, 87 p.

Curieux recueil de poésies latines, parmi lesquelles il convient d'indiquer celles de G. Le Vavasseur : Annotatio (p. 12) ; Sal gallicum (p. 16) : Crux de cruce (p. 17) ; Amicorum voces (p. 42) ; De ostrearum verâ origine (p. 51) ; De communis æris perpensatione (p. 54) ; Bacchus polaris (p. 56) ; Aliter (p. 65) : Responsum ad quasdam lineas super Johannem Auratum (p. 69) : De antecedenti nuncupatione (p. 72) : Quibus Vavassor apertissime jocans (p. 78).

1886

— Intima. Toast porté au diner de baptême de Jacqueline de Roucy, le 18 mars 1886. *Alençon, Renaut-De Broise*, in-12, 6 p.

— Intima. 26 Mars 1886, naissance ; 12 Avril 1886, baptême. *Alençon, Renaut-De Broise*, in-32, 16 p.

— Souvenir du 8 Mai 1886. *Alençon, Renaut-De Broise*, in-32, 7 p.

— Toast porté au banquet de l'Association Normande, à Honfleur, le 11 Juillet 1886.

Annuaire Normand (52e année, p. 400-404).

— Sonnet lu dans une excursion au château de Granville.

Ibid. (p. 72).

— Siège et reprise d'Argentan par les Anglais, en 1449.

Bulletin mensuel de la Société Scientifique Flammarion. (T. IV, p. 433-443).

— Les Voyageurs pour Domfront en Voiture.

Ibid. (p. 456-457). V. ci-dessus.

— QUATRE SONNETS. *Meulan, imp. de la Société Philotechnique*, in-8°, 4 p.

— CRITIQUE. Lettres inédites de la reine Marie Leckzinska et de la Duchesse de Luynes au Président Hénault, par M. V. des Diguères.

Revue de la Révolution (T. VII, p. 463-466).

— RAPPORTS sur les travaux de la Société Historique et Archéologique de l'Orne.

Bulletin de la Société Historique et Archéologique de l'Orne (T. V, p. 221-330).

— SÉEZ. Poésie. *Alençon, Renaut-De Broise*, in-8°, 23 p.

Extrait du même *Bulletin* (T. V, p. 407-429).

1887

— VIRE ET LES VIROIS.

Dans l'*Anthologie des Poètes français du XIXe siècle* publiée par Lemerre (T. II, p. 61-64).

— INTIMA. Souvenir du 3 Avril 1887. *Alençon, Renaut-De Broise*, in-32, 7 p.

— MON PORTRAIT EN VERS, poésie. *Meulan, imp. de la Société Philotechnique*, in-8°, 11 p.

— BIBLIOGRAPHIE. *Alençon, E. Renaut-De Broise*, in-8°, 19 p.

Extrait du *Bulletin de la Société Historique et Archéologique de l'Orne* (T. VI, p. 306-317).

— COMPTE-RENDU des travaux de l'année.

Ibid. (p. 385-398).

— Miettes de l'Histoire d'Alençon. Poésie.

Ibid. (p. 467-472).

— Sonnets Rustiques. *Caen, H. Delesques*, in-8°, 13 p.

Extrait du *Bulletin de la Société des Antiquaires de Normandie* (T. XIV, p. 47-55).

1888

— A Monsieur l'Éditeur de l'*Annuaire* (Notice sur Alphonse Hayot).

Annuaire d'Argentan pour 1888 (p. 143-147).

— Poésies complètes, édition entièrement revue et corrigée. T. I (Juvenilia. — Poésies fugitives. — Farces et Moralités. — Sylves politiques. — Fantaisies). *Paris, A. Lemerre*, in-8°, 351 p.

— Poésies complètes. T. II (Études d'après nature. — Préface. — Églogues. — Caractères et portraits rustiques : 1° Les Hommes ; 2° les Animaux ; 3° les Choses. — Toasts Agricoles. — Paysages. — Çà et là. *Ibid.* in-8°, 392 p.

— Conches. Toast lu au château de Glisolles, le lundi 17 septembre 1888 par M. de la Sicotière, aux banquets de Conches et d'Ajon, les Mardi et Mercredi 18 et 19. *Alençon, E. Renaut-De Broise*, in-8°, 10 p.

Tiré à 12 exemplaires. Publié dans l'*Annuaire Normand* (55e année, p. 250-253).

— Le Lierre du Chateau de Domfront.

Bulletin de la Société Historique et Archéologique de l'Orne (T. VII, p. 107-112).

— Compte-Rendu des travaux de la Société.

Ibid. (p. 347-355).

— Jehan du Coing. Poésie.

Ibid. (p. 390-395).

1889

— Poésies complètes. T. III (Études historiques. — Préfaces. — Paris. — Normandie. — Picardie. — Pièces académiques. — Carnet de voyage. — Toasts. — Sonnets). *Paris, A. Lemerre*, in-8°, 411 p.

— Poésies complètes. T. IV. (Inter amicos. — Intima). *Ibid.* in-8°, 451 p.

Joindre à ce volume : *Sonnets en l'honneur de Gustave Le Vavasseur* (V. Delaporte, H. de Broc, W. Challemel, G. de Contades, R. Descoutures, H. Fortin, E. Foucaut, J. Germain-Lacour, E. Guibout, P. Harel, E. Longuet, F. Loriot, E. Millet, A. Paysant, Ch. Pitou, P. de Simard-Pitray). *Alençon, Renaut-De Broise*, in-8°, 18 p.

— Symphor Vaudoré. *Caen*, in-8°, 15 p.

Extrait de l'*Avenir du Calvados* (17 Juillet 1889).

— Séez. Toast porté au banquet de l'Association Normande, le 6 Octobre 1889.

Annuaire Normand (56e année, p. 101-107).

— Le vieil Argentan, par E. Vimont, article bibliographique.

Bulletin de la Société Flammarion (T. VII, p. 285-287).

— Bibliographie. Louis de Frotté et les Insurrections Normandes, par M. de la Sicotière.

Bulletin de la Société Historique et Archéologique de l'Orne (T. VIII, p. 302-308).

— Rapport.

Ibid. (p. 591-597).

— Jean Courtecuisse. Poésie.

Ibid. (p. 591-597).

— Causeries.

Dans *Le Cidre et le Poiré*, revue fondée par M. Eugène Vimont (T. I. p. 27-29. 33-35), à laquelle, dans la suite, Gustave Le Vavasseur adressa quelques courtes notes.

1890

— Souvenirs du 3 mai 1890. Mariage du comte de Chennevières avec Mademoiselle Edmée Sangnier. *Paris, Motteroz*, in-8°, 7 p.

— Toast porté au banquet de l'Association philotechnique (18 Mai 1890). *Alençon, Renaut-De Broise*, in-32, 12 p.

— La Bague du Puisatier. Poëme. *Meulan, imp. V. A. Masson*, in-8°, 10 p.

— Toast porté au banquet de l'Association Normande, à Avranches, le 24 Juillet 1890.

Annuaire Normand (57e année, p. 214-218).

— Visite humouristique au Mont-Saint-Michel. *Caen, H. Delesques*, 16 p.

Extrait de l'*Annuaire Normand* (57e année, p. 220-225).

— Notice biographique sur le baron Houssin de St-Laurent.

Ibid. (p. 386-388).

— Une Églogue Percheronne au commencement du XVIIe Siècle. *Alençon, Renaut-De Broise*, in-8°, 24 p.

Extrait du *Bulletin de la Société Historique et Archéologique de l'Orne* (T. IX, p. 390-419).

— Sonnet.

Bulletin de la Société Historique et Archéologique de l'Orne (T. IX, p. 490).

— Dans ma Maison des Bois. Poésie.

Revue des Provinces de l'Ouest (Octobre 1890).

— Ballade d'Hiver. Poésie.

Mémoires de l'Académie Nationale des Sciences, Lettres et Beaux-Arts de Caen.

1891

— Intima. Sponsalia (à Marie de Chennevières). Souvenir du 3 mai 1890. — Étrennes. — Fiançailles. — La Ballade de l'enfant gâtée. — En lui donnant un miroir. *Alençon, Renaut-De Broise*, in-32, 11 p.

— Sponsalia. A mon bien cher filleul, Gustave Buisson. *Ibid.* in-32, 9 p.

— Sponsalia. A Gérard de Lavererie et à Paule Duchesne de la Sicotière. Souvenir du 7 Juillet 1891. (*Ibid.*), in-32, 12 p.

— Rapport sur le concours Martin, lu le 7 Mai 1891, à la séance publique de la Société philotechnique. *Meulan, imp. de la Société Philotechnique*, in-8°, 15 p.

— Remarques sur quelques expressions usitées en Normandie, leur emploi par certains auteurs, leur origine, leur étymologie. (Supplément). *Alençon, Renaut-De Broise*, in-8°, 174 p.

Travail publié d'abord dans le *Bulletin de la Société Historique et Archéologique de l'Orne.*

— Commencements de la Lutte entre les Anciens et les Modernes. Les Dramaturges Normands. — L'Argentenois Nicolas Chrétien des Croix. *Caen, H. Delesques*, in-8°, 64 p.

— DISCOURS lu à la séance publique de la Société des Antiquaires de Normandie, le 25 Novembre 1891, et publié dans le *Bulletin* de cette Société (T. XVI, p. 3-64).

— ERNEST MILLET (nécrologie). — J. Germain-Lacour (article bibliographique). — Un Aubergiste à l'Odéon.

Article publié dans *Les Abeilles septentrionales et méridionales*.

— BERTAUT. *Alençon, Renaut-De Broise*, in-8°, 34 p.

Extrait du *Bulletin de la Société Historique et Archéologique de l'Orne* (T. X. p. 355-388).

— PRÉFACE à l'*Unellographie*, de Jean de Meulles, publiée par l'abbé A. Desvaux. *Bellême, G. Levayer*, in-8°, XXXVII, 70 p.

— HORACE. *Meulan, imp. de la Société Philotechnique*, in-8°, 7 p.

1892

— BALLADES ET SONNETS. *Meulan, imp. de la Société Philotechnique*, in-8°, 12 p.

— CHARLES PITOU. *Alençon, A. Herpin*, in-4°, 8 p.

Extrait de la *Revue Normande et Percheronne illustrée* (T. I, p. 225-234).

— AMATIO. Poésie.

Mémoires de l'Académie des Sciences, Arts et Belles-Lettres de Caen.

— LES DRAMATIQUES ORNAIS. *Alençon, Renaut-De Broise*, in-8°, 32 p.

Extrait du *Bulletin de la Société Historique et Archéologique de l'Orne* (T. XI, p. 405-436).

— Toast. Château de Saint-Maurice (27 Août 1892).

Publié dans les *Poésies complètes* (T. V, p. 353-354).

— A la santé des Morts (Bagnoles-de-l'Orne, le même jour).

Bulletin de la Société Historique et Archéologique de l'Orne (T. XI, p. 496-497).

— Éphémérides normandes. Vers. *Caen, H. Delesques*, in-8°, 12 p.

Extrait du *Bulletin de la Société des Antiquaires de Normandie* (T. XV, p. 508-517).

— Ernest Prarond (1843-1892). *Meulan, imp. A. Masson*, in-8°, 13 p.

Extrait de la *Revue de la Poésie* (Juillet-Août 1892).

1893

— Tiphaine. *Évreux, imprimerie de l'Eure*, in-8°, 8 p.

Extrait de la *Revue Catholique de Normandie* (n° de juillet 1893).

— Tiphaine. Poème. *Meulan, imp. de la Société Philotechnique*), in-8°, 8 p.

Même pièce que la précédente, lue à une réunion de la Société Philotechnique.

— Hyems. Poésie.

Revue Catholique de Normandie (n° d'Août 1893).

— Rapport sur le Concours biennal de Poésie. *Ibid.*, in-8°, 14 p.

— Un Souvenir de l'inauguration de la Statue de Poussin en 1851. Communication faite à l'Association Normande, le 24 Septembre 1893. *Caen, H. Delesques*, in-8°, 11 p.

Extrait de l'*Annuaire Normand* (61e année, p. 113-123).

— Hortense des Jardins. *Alençon, Renaut-De Broise*, in-8°, 23 p.

Extrait du *Bulletin de la Société Historique et Archéologique de l'Orne* (T. XII, p. 418-440).

— Préface à une *Petite Grammaire du Patois de l'Arrondissement d'Alençon*, par M. Ch. Vérel.

Bulletin de la Société Historique et Archéologique de l'Orne. (T. XII, p. 63-66).

— Nitchevo. Toast à M. de la Sicotière. *Mamers, Fleury et Dangin*, in-18, 4 p.

— Thème varié. *Amiens, Yvert et Letellier*, in-8°, 27 p.

Extrait de l'*Académie des Sciences, des Lettres et des Arts d'Amiens.*

— Alphonse Du Bosc et ses Albums. *Alençon, A. Herpin*, in-4°, 16 p. En collaboration avec M. de Chennevières.

Extrait de la *Revue Normande et Percheronne illustrée* (T. II, p. 194-206, 225-231).

— Printemps fin de Siècle.

Revue Normande et Percheronne illustrée (T. II, p. 134).

— Crépuscule.

Ibid. (p. 243).

— Causerie Littéraire. *Alençon, A. Herpin*, in-4°, 8 p.

Extrait de la *Revue Normande et Percheronne illustrée* (T. II, p. 337-344).

1894

Extrait des procès-verbaux de l'Association Normande. Alençon, 28 Juillet 1894. — 7e question : Le mouvement Littéraire et

Artistique dans l'Orne depuis 1857. *Caen, imp. H. Delesques*, in-8°, 9 p.

Extrait de l'*Annuaire Normand* (62e année, p. 105-113).

— Toast à l'Association Normande prononcé à Alençon le 17 Juillet 1894.

Annuaire Normand (62e année, p. 158-160).

— Que suis-je ? Poésie.

Annales de Normandie (n° 2, p. 43).

— Le Fonds Mézeray. *Alençon, Renaut-De Broise*, in-8°, 12 p.

Extrait du *Bulletin de la Société Historique et Archéologique de l'Orne* (T. XIII, p. 413-424).

— Idillie. Poésie.

Revue Catholique de Normandie (n° de Novembre 1894).

— Novembre. Poésie.

La Quinzaine (n° spécimen).

— Causerie Littéraire. Les Souvenirs d'Auberge de Paul Harel. *Alençon, A. Herpin*, in-4°, 6 p.

— Extrait de la *Revue Normande et Percheronne illustrée* (T. III, p. 37-42).

— Causeries. Mémoires. *Alençon, A. Herpin*, in-4°, 7 p.

Extrait du même volume (p. 85-91).

— Un Écho de la Nouvelle France. *Alençon*, in-4°, 7 p.

Extrait du même volume (p. 174-178).

— Causerie Littéraire. *Alençon, A. Herpin*, in-4°, 7 p.

Extrait du même volume (p. 304-315).

— Les Musiciens Normands. Lettre ouverte à M. le Comte de Moucheron. *Alençon, A. Herpin*, in-4°, 8 p.

Extrait du même volume (p. 309-315).

1895

— L'Abbé Souquet de Latour. *Alençon, Renaut-De Broise*, in-8°, 30 p.

Extrait du *Bulletin de la Société Historique et Archéologique de l'Orne* (T. XIV, p. 309-338).

— Léon de la Sicotière. *Alençon, Renaut-De Broise*, in-8°, 8 p.

Extrait du même recueil (T. XIV, p. 143-156).

— Léon de la Sicotière. Article nécrologique.

La Quinzaine (T. IV, p. 71-77).

— Salon du Champ-de-Mars. Aux Champs-Élysées.

Ibid. (T. IV, p. 238-251, 353-371).

— Simon Pierre. Poésie.

Revue Catholique de Normandie (n° du 15 Mai 1895).

— Léon de la Sicotière. *Alençon, A. Herpin*, in-4°, 7 p.

Extrait de la *Revue Normande et Percheronne illustrée*. (T. IV, p. 65-71).

— Causerie littéraire. Poètes ornais et normands. *Alençon, A. Herpin*, in-4°, 15 p.

Extrait du même volume (p. 98-112).

— Causerie. *Alençon, A. Herpin*, in-4°, 11 p.

Extrait du même volume (p. 151-160).

— JUILLET. Poésie. *Alençon, A. Herpin*, in-4°, 3 p.

Extrait du même volume (p. 293-294).

— CAUSERIE LITTÉRAIRE. *Alençon, A. Herpin*, in-4°, 8 p.

Extrait du même recueil (p. 360-365).

— AOUT. Poésie.

Mémoires de l'Académie Nationale des Sciences, Arts et Belles-Lettres de Caen.

1896

— POÉSIES COMPLÈTES. Senilia. — Ultima verba. *Paris, Alphonse Lemerre*, in-8°, 429 p.

— LES DROITS DE LA FEMME. Conférence donnée au Comité auxiliaire des dames de la Croix-Rouge le 17 avril 1896. *Alençon, E. Renaut-De Broise*, in-8°, 19 p.

— LES TOURAILLES. — LA LANDE-DE-LOUGÉ.

Articles publiés dans la *Normandie Monumentale* (T. I, p. 277-279, et T. II, p. 135-136).

— BIBLIOGRAPHIE. Inventaire sommaire des Archives départementales antérieures à 1789, rédigé par M. Louis Duval, Archiviste du Département de l'Orne (T. II).

Bulletin de la Société Historique et Archéologique de l'Orne. (T. XV, p. 377-389).

— PRÉFACE.

Donnée en tête de *Notre-Dame-des-Frisches* par Louis Peccatte (p. 1-8).

— A PROPOS D'UN GROS LIVRE. *Alençon, A. Herpin*, in-4°, 11 p.

Extrait de la *Revue Normande et Percheronne illustrée* (T. V, p. 65-73).

1897

— Gustave Le Vavasseur. Œuvres choisies, avec le portrait de l'Auteur et la notice de Charles Baudelaire. *Paris, A. Lemerre*, in-8°, XI-195 p. avec une préface de Paul Harel (p. V-XI).

Nous ne saurions indiquer ici, d'une façon à peu près complète, la liste des périodiques auxquels Gustave Le Vavasseur a adressé des poèmes, des articles, des notes. Rappelons néanmoins qu'il a collaboré successivement à : *L'Univers*, *La Mosaïque de l'Ouest*, la *Revue de Rouen*, la *Revue du Calvados*, le *Journal d'Argentan*, le *Journal de l'Orne*, *La Mode*, *La Picardie*, l'*Annuaire normand*, le *Bulletin de la Société des Antiquaires de Normandie*, *Les Poètes français*, la *Petite Revue*, *Le Sonnettiste*, les *Mémoires de l'Académie de Caen*, *Le Monde*, *Le Français*, le *Messager de l'Orne*, le *Bulletin de la Société historique et Archéologique de l'Orne*, la *Revue de la Révolution*, la *Revue des Provinces de l'Ouest*, le *Bulletin de la Société Philotechnique*, la *Revue normande et percheronne illustrée*, etc., etc.

Il nous serait également difficile de dresser la liste de tous les articles et de toutes les études consacrées, pendant sa longue carrière littéraire, à G. Le Vavasseur. Nous pourrons toutefois indiquer les principaux :

1852. Ernest Prarond. — De quelques Écrivains nouveaux : Gustave Le Vavasseur (p. 15-49).

1861. Charles Baudelaire. — Gustave Le Vavasseur. Écrit pour l'Anthologie Crépet. Revue fantaisiste (1er août 1861). Dès 1860, sur la couverture de son livre *Les Paradis artificiels*, Baudelaire annonçait comme sous presse des *Réflexions sur quelques-uns de nos contemporains*. L'un de ces contemporains était Gustave Le Vavasseur. Dans l'édition définitive des œuvres de Baudelaire, éditée chez Michel Lévy, l'étude sur G. Le Vavasseur se trouve au Tome III, l'*Art romantique* (1868) et y occupe les pages 392-394.

1865. LA PETITE REVUE. — Notice biographique et humoristique (T. IX, p. 114-116).

1869. E. PRAROND. — Critique : M. d'Héricault. — M. Le Vavasseur. — M. Moland. Article de *La Picardie* reproduit dans une brochure in-8°. *Amiens, Lenoel-Hérouart.*

1876. Gaston FEUGÈRE. — M. Gustave Le Vavasseur. Étude publiée dans *Le Français* (n° du 4 Mars 1876). Réimprimée en une brochure in-12. *Caen, V. A. Domin*, 1884, 12 p.

1877. F. BESLAY. — M. Le Vavasseur. Article publié dans *Le Français* (n° du 20 Mars 1877).

1888. Paul HAREL. — Gustave Le Vavasseur *Paris, Alphonse Lemerre*, in-16, 32 p.

1888. E. PRAROND. — Gustave Le Vavasseur, auteur dramatique. Étude publiée dans la *Revue d'Art dramatique* (T. XI, n° 63).

1889. Alfred POIZAT. — Gustave Le Vavasseur. Conférence faite au Théâtre d'Application, le 7 Mars 1896. Imprimé dans la *Revue Normande et Percheronne illustrée* (n° de mai-juin 1896).

La liste des Articles biographiques et nécrologiques publiés à l'occasion de la mort de Gustave Le Vavasseur serait impossible à dresser sans lacunes. Nous citerons toutefois parmi les principaux: Edmond Biré: *Gustave Le Vavasseur* (*Gazette de France*, n° du 12 Décembre 1897). — Vicomte du Motey : *Gustave Le Vavasseur*, éloge lu en séance de la Société historique et archéologique de l'Orne, le 20 Mai 1897 (*Alençon, E. Renaut-De Broise*, in-8°, 34 p.) ; M. de Beaurepaire: *Notice sur M. Gustave Le Vavasseur, Secrétaire Général de l'Association Normande* (*Caen, H. Delesques*, in-8°, 12 p.) ; Louis Aigoin : *Gustave Le Vavasseur* (*Mémoires de la Société Historique et Archéologique de l'arrondissement de Pontoise et du Vexin* (T. XIX, p. 91-92) ; Abbé Francqueville : Note nécrologique (*Compte-rendu des travaux de l'Académie des Lettres et des Arts d'Amiens, en 1851*, p. 20-25) ; E. Prarond : Notice nécrologique lue à la séance du

5 novembre 1896 (*Bulletin trimestriel de la société d'Émulation d'Abbeville*, année 1856 p. 275-282) ; R. de Martonne : *Les Poésies de Gustave Le Vavasseur* (*Revue Normande et Percheronne illustrée*, T. V, p. 321-326) ; E. de Beaurepaire : *Gustave Le Vavasseur* (*Revue des provinces de l'Ouest*, n^os du 30 avril et du 15 mai 1897) ; Robert Leroi : *Gustave Le Vavasseur*, étude littéraire (*Havre, H. Micaux*, in-8°, 36 p. ; P. Delaporte, notice nécrologique (*Études publiées par des Pères de la Compagnie de Jésus* (T. LXXI, p. 260-263) ; Charles Thiéry : *Gustave Le Vavasseur* (*La Normandie Artistique et Littéraire*, T. I, p. 53-61).

Presque tous les journaux de Paris et du département de l'Orne ont consacré à Gustave Le Vavasseur, en annonçant sa mort, de sympathiques notices entre autres *Le Figaro, Le Gaulois, Le Temps, L'Évènement, Le Soleil, La Libre Parole, Le Moniteur Universel, Le Journal, La Gazette de France, La Liberté, La Vérité, Le Siècle, La Croix, Le Peuple Français, Le Petit Moniteur Universel, Le Journal d'Alençon, L'Avenir de l'Orne, La Croix de l'Orne, Le Nouvelliste d'Amiens, Le Courrier de l'Eure, La Loire républicaine, Le petit Havre, La République libérale d'Arras, Le Journal de l'Ouest*, de Poitiers, etc., etc.

APPENDICE

LES PORTRAITS

de Gustave LE VAVASSEUR

1° Sylvestre en voyage, gravure sur bois (A. Jourdain sc.), d'après un dessin signé *P. S. C.*, donnée dans *La Mosaïque de l'Ouest* (T. II, p. 240, n° de février 1846), pour illustrer l'article de G. Le Vavasseur, *Les Pérégrinations de Sylvestre*. L'auteur du dessin a évidemment tenté de représenter les traits de l'auteur du texte.

2° Sylvestre chez le Curé, gravure sur bois (non signée), d'après un dessin signé *P. S. C.*, donnée dans le même recueil (T. III, p. 47, n° d'Août 1846), pour illustrer la continuation de l'article intitulé *Les Pérégrinations de Sylvestre*.

3° Eau-forte de Jules Buisson, portrait de trois-quarts avec un encadrement de pampre, pour servir de frontispice aux *Poésies fugitives* (1846).

4° Eau-forte de Jules Buisson (G. Le Vavasseur en costume du matin, accoudé à une cheminée), faite en la même année et dans le même but.

M. J. Buisson a bien voulu nous dire très spirituellement dans quelles circonstances ces eaux-fortes ont été faites : « Dès que Gustave Le Vavasseur fut prêt à publier les *Poésies fugitives*, la pensée me vint de les illustrer en eaux-fortes. C'est de ce moment que dataient ces deux essais : le petit portrait au nez cassé, avec le génie et les pampres et l'esquisse de Gustave accoudé sur notre cheminée, en costume du matin.

« Je suis fier, souvent maussade,
Aucuns disent insolent. »

« C'est cette folle prétention que j'avais essayé de reproduire. Le portrait du *petit gros*, — tel il était pour nous, — était fort ressemblant à ce moment-là.

« Le portrait au nez cassé répondait à une autre strophe :

« Mon nez.........
A droite s'en est allé,
Mais, lorsque je me contemple,
J'en suis presque consolé

« Car il se recroqueville
Comme un bec de fauconneau.
Mon nez est de la famille
Du nez de feu Cyrano. »

« Nous savions Cyrano par cœur en 1845, bien avant que M. Rostang eût songé à en réjouir l'âme française ! »

5° Médaillon par Le Harivel-Durocher (1862). Une photographie de ce médaillon a été employée comme frontispice du volume *Inter Amicos* (1866). Les quatre vers de M. E. Prarond y sont joints :

L'homme sûr, cœur ouvert, à ses amis fidèle
Existe en chair, en os, en âme ; et ses amis
De peur qu'on ne renvoie aux fables le modèle
Au front de ce livre l'ont mis.

6° Frontispice des *Contes de Saint-Santin*, par M. de Chennevières. Dans cette eau-forte *(Fréd. Legrip a. f. P. C. del)*, le petit portrait, accompagné de la légende *L'homme aux couplets*, est celui de G. Le Vavasseur.

7° Dans le même volume, une lithographie *(Angel Thouin, inv. et lith.)* donne le médaillon de G. Le Vavasseur accompagné du vers

L'autre, c'est moi,

de la préface adressée *Aux jeunes Lecteurs des Contes de Saint-Santin*.

8° Dessin à la plume de Jules Buisson (1875). Frontispice du poème : *Un chapitre d'art poétique. La Rime.* Portrait de profil, joint dans un médaillon à celui de M. Prarond (1).

9° Gravure sur bois d'après un dessin de Le Breton (1879). Placée en cul-de-lampe à la fin du poëme *Souvenirs du collège d'Argentan* et employée souvent pour illustrer les publications postérieures de G. Le Vavasseur.

10° Buste par Étienne Leroux, offert à la ville d'Argentan par un comité formé des amis de Gustave Le Vavasseur et des membres de la Société Historique et Archéologique de l'Orne. Le buste a été placé sur un piédestal où un cartouche rappelle les titres des principales œuvres de Gustave Le Vavasseur. Le monument a été solennellement inauguré le 20 Octobre 1898 et remis par le Comte de Contades, Président du Comité, à M. Boschet, Maire d'Argentan.

(1) « Je n'ai pas fait d'autres portraits de Gustave Le Vavasseur — écrit M. J. Buisson. » Nous connaissons toutefois une eau-forte signée de lui dans laquelle sa fantaisie a donné les traits de Gustave Le Vavasseur à une cariatide soutenant un portique, composition qui fait involontairement songer au Le Vavasseur décrit par Baudelaire.

L'ALMANACH DE L'ORNE

(1852 - 1896)

Le département de l'Orne, dans lequel avait été publiée une série d'annuaires administratifs, contenant de précieuses notices historiques, ne possédait pas d'almanach populaire. Le *Diseur de Vérités*, de l'abbé Fret, n'avait paru que pendant cinq années et, d'ailleurs, il n'intéressait guère que la région percheronne de l'Orne. Gustave Le Vavasseur vit alors dans la publication régulière d'un almanach de quatre sous, un puissant instrument de propagande ou plutôt de défense — car le pays était encore sain et croyant — sociale et religieuse. Il exposa le but de son entreprise qu'un plein succès devait couronner, dans le *Journal d'Argentan* (nº du 10 novembre 1851). Laissons-lui présenter lui-même l'*Almanach de l'Orne*, dont la publication devait durer, sans interruption, jusqu'à sa mort et même lui survivre :

« Almanach du département de l'Orne.

> *Que je lise Senèque !... Hé, vous n'y pensez pas !*
> *Je n'ai lu de mes jours que dans les almanachs.*
>
> Regnard, *le Joueur* acte IV, scène XIII.

Que de bonnes gens ressemblent encore à l'Hector de la comédie ! Que trouve-t-on sur le manteau de la cheminée du paysan, au-dessous du vieux fusil à pierre, au canon rouillé, héritage paternel ? — Ici c'est une pauvre Vierge en cire, voilée d'une vitre trouble, *ex voto* villageois, protectrice du foyer maternel ; là, c'est un petit miroir ébréché et veuf de son tain, encadré de papier jaune ou bleu, confident humble et incomplet de la barbe dominicale du maitre. Dans un village vous trouvez invariablement attaché aux murs le portrait de Napoléon ; dans un autre, c'est le classique Juif-Errant, entouré de sa complainte, ou les infortunes de Henriette et Damon. Parfois les soles saillantes servent de consoles où sont déposées les lunettes de l'aïeul et le dernier prix de la petite fille. Selon les lieux et les habitants, varient le musée, l'arsenal et la bibliothèque de luxe du paysan. Mais sa bibliothèque de fond est toujours la même ; l'invariable almanach, aux tranches salies et aux feuillets recroquevillés, trône et traine sur le coin du manteau de la cheminée, attestant par de nombreux stigmates de fréquentes et assidues lectures. »

Suit une revue des almanachs employés comme moyen de propagande républicaine, en des jours troublés où l'on peut reconnaitre déjà les indices des agitations et des transformations politiques de l'avenir. « C'est d'abord l'*Almanach démocratique*... le futur président de cette République à l'eau tiède sans sucre, l'inoffensif, l'inoffensé et l'insuffisant M. Carnot, ci-devant comte Carnot, y réveille les instincts belliqueux des lycéens, en réclamant pour eux le droit précoce au fusil et à l'exercice en douze temps. Cet almanach que sa modération et son parfum de marquisat républicain font considérer comme le moins mauvais des almanachs rouges est peut-être le plus dangereux. » N'y a-t-il pas là une sorte d'ironie prophétique, comme si le Mathieu Laensberg longtemps représenté sur la couverture de l'Almanach de l'Orne eût pu prévoir et les bataillons scolaires et les ralliés et les présidences futures, particulièrement une hélas ! terminée dans le sang ?

A ces mauvais almanachs il faut en opposer de bons. « Combattre l'ennemi avec ses propres armes, à l'encre envenimée, opposer de l'encre réparatrice et bienfaisante, aux mauvais livres opposer les bons livres et les almanachs religieux et sociaux aux almanachs impies et socialistes, tel est l'unique moyen de remédier au mal et d'empêcher les progrès de ses ravages.

« Le bon esprit des habitants du département de l'Orne est connu : toutefois, là comme ailleurs, le malin esprit travaille et fait malheureusement des prosélytes. Les mauvais journaux inondent nos campagnes, les mauvais almanachs allèchent les passants derrière les vitres de certaines de nos librairies, bien qu'il faille dire, à la louange des libraires de l'Orne, que la plupart d'entre eux ont refusé, sans miséricorde, le poison et que tous ont accepté le contre-poison avec empressement.

« C'est pour remédier à cet état de choses qu'a été conçu et exécuté l'*Almanach de l'Orne* pour 1852. Sous le coup des menaces de nos ennemis, il fallait donner les sérieux et sages conseils qui foisonnent dans ce petit livre. Nul ne les lira sans profit. Les ignorants, qui ne peuvent pas savoir ce qu'on ne leur a jamais appris, y trouveront de curieux et vrais renseignements historiques. Le laboureur et le jardinier y liront comme dans un manuel spécial le *memento* de leurs semailles et l'espérance de leurs récoltes.

« Nous autres qui, plus que tous les autres Français, aimons à connaitre la limite de notre droit et à le faire respecter, nous trouverons dans ce petit livre les usages qui règlent par tout le département, la mitoyenneté des murs, les empiètements des haies, les rapports de voisinage, etc.

« L'*Almanach du département de l'Orne* répond donc, par son contenu et la modicité de son prix, à nos besoins, à nos instincts et aux exigences de notre curiosité. Un almanach bien fait est d'ailleurs une œuvre sympathique à nos populations. Si l'abbé Fret, curé de Champs, n'avait pas été si malheureusement frappé de mort prématurée, l'excellent *Almanach du Perche* se vendrait aujourd'hui à cent mille exemplaires, et le vieux *Mathieu Laensberg* lui-même périrait en exil comme un roi détroné. »

L'*Almanach du département de l'Orne* (intitulé *Almanach de l'Orne* dès la troisième année), pouvait-il détrôner le célèbre *Mathieu Laensberg* ? Il est permis de le croire, car il obtint un tel succès, dès les premières années de la publication, qu'une seconde édition fut nécessaire. C'était un in-16 de 160 pages, contenant outre un calendrier, une statistique départementale et un tableau des foires donnés encore de nos jours, de brefs articles de morale, d'agriculture, d'histoire locale, une chronique départementale, un recueil de bons mots, un court poëme. La collection de l'*Almanach de l'Orne* est un très précieux recueil pour les travailleurs du pays mais la valeur documentaire de la petite publication ne fut pas toujours la même. Allégé presque entièrement, de 1854 à 1870 des articles de morale et de propagande, réduits à quelques pages sous la rubrique *Abus et Préjugés*, il donna, sous le titre *Histoires et Légendes*, une suite de brèves notices précieuses sur l'histoire de la contrée, signées par des érudits d'une incontestable autorité, tels que MM. de Caumont, le comte de la Ferrière, A. de Caix, l'abbé Laurent, de Corcelle, etc., etc. A partir de 1871, ces notices disparurent et l'*Almanach de l'Orne* y eût grandement perdu de son intérêt, s'il n'eût contenu chaque année des notices nécrologiques sur les principaux personnages morts dans le département. La collection de l'*Almanach de l'Orne*, qui se compose aujourd'hui de quarante-sept volumes, forme donc un inestimable répertoire historique et biographique pour ceux qui prennent souci de notre histoire locale. C'est à l'activité, à la persévérance de Gustave Le Vavasseur que nous devons ce très précieux répertoire. Il eût pu, écoutant les inspirations de sa muse ou cédant au désir de tracer de belles pages historiques comme il en est dans son œuvre, dédaigner cette tâche annuelle comme indigne de son talent. Mais quand il s'agissait pour lui, de faire ce petit livre des pauvres et des ouvriers, il abandonnait tout autre labeur en une volonté de bienfaisance, d'assistance littéraire. Et il se doutait peu que son humble almanach, destiné à vivre quelques mois dans les chaumières, serait consulté pendant de longues années dans les bibliothèques !

Mais pour qu'il puisse l'être avec quelque utilité, il nous a semblé nécessaire qu'une table en fût dressée. Nous avons cru, après avoir entrepris et terminé ce travail, que nous ne pouvions mieux faire que de le joindre à la bibliographie de celui qui fut le fondateur de l'*Almanach de l'Orne*, dont cette petite publication populaire fut, sinon l'une des œuvres les plus grandes et les plus belles, tout au moins l'une des plus méritoires et des plus utiles.

NOTICE BIBLIOGRAPHIQUE

L'*Almanach de l'Orne*, volume in-16, de 160 p., avec couverture illustrée, a été successivement imprimé à *Paris, imprimerie Bailly, Divry et Cie* (année 1852) ; à *Caen, chez la veuve Pagny, imp. de la Préfecture* (années 1853-1856) ; à *Alençon, chez Poulet-Malassis et De Broise* (année 1857-1858) ; à *Caen, chez la veuve Pagny* (années 1859-1864) ; à *Alençon, chez E. De Broise* (1865-1881) ; à *Alençon, chez E. Renaut-De Broise* (1882-1897). Il porta d'abord sur le titre : *Se trouve chez tous les libraires du département*, puis (1865-1881) à *Alençon, chez E. De Broise*, et (1881-1897) à *Alençon, chez E. Renaut-De Broise.* Voici le sommaire, année par année, des articles intéressant l'histoire départementale :

1852

Statistique du département de l'Orne (p. 25-38). Tableau des communes du département de l'Orne (1) (p. 38-58) ; Législation agricole : Usages locaux du département de l'Orne (p. 102-114). Chronique du département de l'Orne (p. 132-150). Foires du département de l'Orne et des départements voisins (p. 151-160).

Cette année de l'*Almanach du département de l'Orne* eut une seconde édition dans laquelle les pages 140-150 furent modifiées.

1853

Avec une carte du département de l'Orne (dessinée par Ledien d'Argentan, pour l'*Almanach de l'Orne)*, et une vue de la cathédrale de Séez.

Statistique du département de l'Orne (p. 42-48). Congrès de l'Association Normande à Domfront et à Flers (p. 68-79). Assistance publique dans le département de l'Orne (p. 93-106). Des

(1) Ce tableau, ainsi que celui des foires du département de l'Orne, se trouvant dans tous les volumes de la publication, nous ne le mentionnerons plus dans les sommaires des années suivantes.

populations ouvrières dans le département de l'Orne (p. 107-114). Chronique du département de l'Orne (p. 133-143). Nécrologie : Gigon-Dutertre. — Prince de Broglie. — Joseph de Nollent. — Emmanuel Guillaumet (p. 143-144). Anecdotes (p. 144-147). Chanson des Moissonneurs, par G. Le Vavasseur (p. 147-148).

1854

Avec une carte du département de l'Orne. Sociétés Agricoles dans le département de l'Orne (p. 30-34). Statistique du département de l'Orne (p. 44-51). Exercice de la charité dans le département de l'Orne : 1° les Sœurs hospitalières de la maison d'Alençon ; 2° Établissement de Charité à Flers ; 3° Institution de sourds-muets à Alençon ; 4° Œuvres de la Propagation de la Foi et de la Sainte-Enfance ; 5° Souscriptions et loteries de Charité ; 6° Asile départemental pour les Aliénés (p. 71-107). Histoires et légendes : La cathédrale de Séez. — Origine du nom d'Échauffour. — Translation des reliques de Saint Mansuet. — La Rosière de Passais. — Les Traditions du Château de Rânes. — La Procession des bouchers à Alençon. — Le Serpent de Villedieu et le Seigneur de Bailleul. — La Chapelle Saint-Jacques à Argentan (p. 108-130). État de l'industrie dans le département de l'Orne. (p. 105-116). Chronique départementale (p. 139-143). Anecdotes et faits divers (p. 143-147). Chansons, par G. Le Vavasseur (p. 147-149).

1855

Réunion de l'Association Normande, à Vimoutiers (p. 27-32). Statistique du département de l'Orne (p. 32-45). Exercice de la charité dans le département de l'Orne : 1° Chronique de l'année 1884 ; 2° Congrégation des Sœurs de la Miséricorde de Séez ; 3° L'Orphelinat de Saint-Paul ; 4° l'Hôtel-Dieu d'Alençon au XVe siècle ; 5° Faits charitables (p. 81-101). Histoires et légendes : 1° Un Pèlerinage du Seigneur de la Baroche-sous-Lucé, par le comte de la Ferrière ; 2° Le Comte de Maré et M. de Chambois ; 3° Le Tir au Pavois ; 4° Tournay-sur-Dives ; 5° La Mariette de Besdon ; 6° la Procession de saint Ernier (p. 102-170). Industrie et commerce : le point d'Argentan et le point d'Alençon (p. 120-124). Scènes de la vie campagnarde : G. Le Vavasseur (p. 125-131). Chronique départementale (p. 132-141). Anecdotes et faits divers (p. 142-148). Poëme champêtre: une Batterie de sarrasin, par G. Le Vavasseur (p. 148-150).

1856

Exercice de la charité dans le département de l'Orne: 1° Chronique de l'année 1855 ; 2° Œuvre de la Sainte-Enfance dans le diocèse de Séez ; 3° Industries de la Charité ; 4° Madeleine de Chauvigny, dame de la Peltrie (p. 42-62). Statistique départementale (p. 62-67). Commerce et Industrie : 1° Exposition universelle de 1855 ; 2° l'Industrie chevaline; 3° Production agricole (p. 99-105). Histoires et légendes: 1° l'Hôpital de Domfront, par le Comte de la Ferrière ; 2° la Sainte Épine de la cathédrale de Séez ; 3° Voyage de Louis XI à Alençon ; 4° La Paroisse de Champs ; 5° Saint Guillaume Firmat à Mantilly ; 6° Légende et pélerinage du Pré-Salé d'Almenêches ; 7° La Chasse au cerf dans la forêt de Gouffern (p. 121-124) ; 8° les Sorcières du Mont-Margantin (p. 106-125). Scènes de la vie campagnarde, par G. Le Vavasseur (p. 126-130). Chronique départementale (p. 131-143). Anecdotes et faits divers (p. 143-147). Poésie : La bonne Vieille, par G. Le Vavasseur (p. 148-150).

1857

Circulaire de M. le Préfet de l'Orne, relative au drainage (p. 27-28). Progrès de la race Chevaline dans le département de l'Orne (p. 28-33). Exercice de la Charité dans le département de l'Orne: 1° Chronique de l'année 1856 ; 2° Beaucoup de bien pour peu d'argent ; 3° Œuvre de la Sainte-Enfance dans le diocèse de Séez ; 4° L'extinction de la mendicité au XVIIe siècle (p. 35-55). Statistique départementale (p. 82-89). Industrie et Commerce : 1° Circulaire de M. le Préfet de l'Orne, relative aux livrets d'ouvriers ; 2° De la Canalisation de l'Orne supérieure (p. 112-125). Histoires et légendes : 1° Dom Joseph-Marie, abbé général de la Trappe, par F. de Corcelles ; 2° La grosse cloche de Saint-Germain d'Argentan ; 3° Le Pélerinage au Mont-St-Michel ; 4° La Colonne des Trois-Croix, à Argentan (p. 125-137). Faits divers (p. 138-144). Caractères et portraits rustiques. Le vieux domestique, par Gustave Le Vavasseur (p. 145-148).

1858

Agriculture : 1° Comment on doit employer le fumier (J. Morière) ; 2° Élevage des bestiaux dans le département de l'Orne (Huvellier) ; 3° Faits agricoles ; 4° Conseils aux Agriculteurs (p. 15-30). Exercice de la charité dans le département de l'Orne : 1° Chronique de l'année 1857 ; 2° les Sœurs de la Miséricorde de Séez ; 3° Œuvre de la Sainte-Enfance dans le diocèse de Séez ; 4° l'Extinction de la *mendicité* au XVIIe siècle (p. 44-62). Session de l'Association Normande à Alençon (p. 90-99). Histoires et légendes : 1° Histoire de l'ancien Duché d'Alençon, jusqu'à l'époque de l'occupation Normande ; 2° Translation des Reliques de saint Latuin ; 3° M. le curé des Authieux (Ch. du Hays) ; 4° La Fontaine des Soupirs ; 5° La Cloche de Saint-Michel de Gult ; 6° Ingratitude et fidélité (p. 99-125). Chronique départementale (p. 126-138). Faits divers (p. 138-141). Scènes de la vie campagnarde, par G. Le Vavasseur (p. 141-147).

1859

Agriculture : 1° De la Préparation et de la conservation du cidre (J. Morière) ; 2° Progrès de l'Industrie Chevaline dans le département de l'Orne ; 3° De l'observation du Dimanche pendant la Moisson (p. 16-33). La Suppée à Briouze (P. Chevrennais). (p. 46-50). Exercice de la Charité publique : 1° Sociétés de Secours mutuels dans le département de l'Orne ; 2° De l'assistance des malades dans les campagnes; 3° Œuvre des filles repenties à Alençon (p. 51-65). Concours Régional d'Alençon (p. 100-110). Histoires et légendes : 1° Notre-Dame-des-Tourailles (Comte de la Ferrière) ; 2° Translation des reliques de saint Latuin ; 3° La Grande-Trappe (L. L. Roche) ; 4° Exemple du plus sublime dévouement (Cte de Ségur) (p. 111-133). Chronique départementale (p. 134-142). Faits divers (p. 142-145). Poésie : La ferme et l'atelier, par G. Le Vavasseur (p. 145-148).

1860

Avec la carte de la guerre d'Italie.

Agriculture : 1° le Fromage de Camembert (J. Morière) ; 2° Application du drainage dans le département de l'Orne (Ch. du

Hays); 3° de l'Industrie chevaline dans le département de l'Orne; 4° Le Père Chéradame et la plaine d'Écouché (Ch. du Hays); 5° Faits divers (p. 16-37). Exercice de la charité dans le département de l'Orne : 1° Assistance publique dans le département de l'Orne; 2° Service médical pour les enfants assistés; 3° Œuvre de la Propagation de la Foi dans le diocèse de Séez; 4° l'Hôtel-Dieu d'Alençon (p. 50-64). Histoires et légendes: 1° sainte Opportune et saint Godegrand; 2° l'Abbé Le Conte, curé de Saint-Germain-de-Clairefeuille (Ch. du Hays) : 3° l'Église de Saint-Martin-du-Vieux-Bellême ; 4° La Fée au capuchon rouge du Vaudobin (E. Chappé) (p. 100-120). Chronique départementale (p. 121-134). Faits divers (p. 134-137). Nécrologies (p. 139-142). Poésie : Le Conscrit, par G. Le Vavasseur (p. 143-148).

1861

Agriculture: 1° Moyen de fixer l'ammoniaque dans les fumiers (M. Morière); 2° Composition chimique des marnes de l'arrondissement d'Alençon (Boissière); 3° M. de Seraincourt (Ch. du Hays); 4° Industrie chevaline du canton de Trun; 5° Faits divers (p. 16-33). Exercice de la charité dans le département de l'Orne: 1° Établissement des petites sœurs des pauvres à Flers; 2° Société de Saint-Vincent-de-Paul à Alençon ; 3° Établissement d'un Orphelinat dans le département de l'Orne; 4° M. Ango des Mezerets (p. 51-66). Histoires et légendes : 1° Reliques de sainte Opportune et de Saint Godegrand ; 2° Le Préfet des Andaines (F. Lecomte); 3° Henri de Pellevey, Baron de Flers, et le Privilège de Saint-Romain (comte de la Ferrière); 4° les Pains pétrifiés de Cizay ; 5° les Souterrains d'Habloville ; 6° le Puits-d'Enfer (M. Chappé) (p. 67-86). Commerce et industrie: 1° Chemin de fer de Caen à Flers ; 2° Routes départementales de l'Orne (p. 87-92). Chronique départementale (p. 98-119). Faits divers (p. 119-125). Poésie: Les animaux méprisés, par G. Le Vavasseur (p. 125-128).

1862

Agriculture: 1° De la perte des engrais (Ch. du Hays); 2° État agricole du département de l'Orne ; 3° Société Normande d'Encouragement pour l'amélioration des races ; 4° Notice sur le Haras du Pin ; 5° Courses du Pin (p. 16-35). Congrès de l'Association. Normande à Laigle (p. 49-70). Histoires et légendes : 1° M. Lherminier, médecin de la Trappe (Ch. du Hays) ; 2° La Saint-Barthélemy à Alençon (L. de la Sicotière) ; 3° M. Alexandre Le Dien, peintre-verrier (G. Le Vavasseur) ; 4° La Dame du Parc ; 5° Prise du château du Chesne ; 6° Le Capitaine Chandelier (Isidore Bourdon) ; 7° La Pierre des veuves (R. Chappey) (p. 74-97). Chronique départementale (p. 98-122). Poésie : Le vieux Berger, par G. Le Vavasseur (p. 123-128).

1863

Agriculture : 1° Instruments agricoles utiles et économiques (Ch. du Hays) ; 2° Découvertes utiles ; 3° École de Dressage de Sées ; 4° Des nouveaux remèdes préconisés contre la rage (Huvellier) ; 5° Les courses du Pin (p. 16-28). Exercice de la bienfaisance publique dans le département de l'Orne (p. 46-49). Maison de la Providence d'Alençon (p. 54-56). Histoires et légendes : 1° Le bourg d'Écouché (A. de Caix) ; 2° Messire Pierre Crestey ; 3° Le Fé Bas-Normand (A. de Caix) ; 4° M. Dunoyer (Ch. du Hays) ; 5° Les Habitants de Chandai ; 6° Monuments druidiques du département de l'Orne ; 7° Singulière redevance féodale ; 8° le Manoir de Coudehard (B. Chappey) ; 9° le Champ du roi à Alençon (Bouchet) ; 10° une Chanson bas-normande (p. 57-93). Chronique départementale (p. 94-125). Poésies : Le Fumier. — La Poule. — Le Bœuf. — Confiance en Dieu. — Fabliau, par G. Le Vavasseur (p. 126-128).

1864

Voyage de l'Empereur au Haras du Pin (p. 27-41). Les bons chevaux du Perche, par M. de Chennevières (p. 42-49). Conseil Général de l'Orne : 1° Chemins de Fer ; 2° Caisses d'Épargne ; 3° État de l'industrie dans le département de l'Orne : 4° Analyse des vœux exprimés par le conseil général (p. 61-79). Histoires et légendes : 1° Messire Enguerrand Lechevallier ; 2° Marguerite Le Sage (Ch. du Hays) ; 3° Le Château d'Essai (A. de Caumont) ; 4° Le Retranchement fortifié de la Courbe (A. de Caix) ; 5° Le Trésor des Romains (B. Chappey) ; 6° Richard Lenoir (J. Travers) ; 7° Saint-Ouen-de-la-Cour (Dr Jousset) (p. 80-112). Chronique départementale (p. 113-123). Poésies : Res sacra miser. — Les petites Bêtes. La Vache, les Moutons. — Le Cochon gras. — Le Blé. — Les Hirondelles, par G. Le Vavasseur (p. 124-128).

1865

Imprimé chez *E. De Broise, à Alençon.*

Historique des haras (Ch. du Hays) (p. 17-26). Industrie chevaline dans le département de l'Orne (p. 26-32). Coup d'œil jeté sur le département de l'Orne par la portière d'un wagon (G. Le Vavasseur) (p. 53-64). Assistance charitable et extinction de la mendicité dans le département de l'Orne (p. 71-79). Histoires et légendes: 1° Le P. Jean Eudes; 2° Le Château de Carrouges (A. de Caix); 3° La Sœur Joséphine; 4° la Chapelle de Notre-Dame-de-Pitié à Longny; 5° le Capitaine Duhamel (P. David); 6° Origine d'un Proverbe (Abbé Lecanu) (p. 80-106). Chronique départementale (p. 107-123). Poésie: Le Médecin de campagne, par G. Le Vavasseur (p. 123-126).

1866

Conditions de l'élevage dans le département de l'Orne (Ch. du Hays) (p. 16-24). Concours Régional à Alençon en 1865 (25-35). Gare aux armes à feu. Chronique du département de l'Orne (p. 49-51). Coup d'œil jeté par la portière d'un wagon (G. Le Vavasseur) (p. 53-67). La Trappe de Mortagne et l'empereur Napoléon Ier (p. 68-76). Session du Conseil Général de l'Orne en 1865 (p. 77-87). Histoires et légendes: 1° Contre-coup de la Révolution de 1688 en Basse-Normandie; 2° les Peintures à fresque de Saint-Céneri-le-Géré; 3° Occupation de Domfront par les Anglais; 4° Passais-la-Conception (p. 88-106). Chronique départementale (p. 107-110). Mon Curé, Poésie, par G. Le Vavasseur (p. 120-126).

1867

État de l'agriculture dans le département de l'Orne (p. 16-19). L'Industrie Chevaline dans le département de l'Orne (p. 21-24). Le Haras de Bois-Roussel (p. 24-28). Recueil des meilleures foires de Chevaux de la Normandie, par Ch. du Hays (p. 28-32). Coup d'œil jeté sur le département de l'Orne par la portière d'un wagon, par G. Le Vavasseur (p. 45-64). Adresse du Conseil Général de l'Orne à S. M. l'Impératrice (p. 65-68). Contre-coup de la Révolution de 1688 en Basse-Normandie (p. 69-75). Conseil général de l'Orne, session de 1866 (p. 76-83). Histoires et légendes: 1° le docteur Billon, de Vimoutiers; 2° la Collégiale de Carrouges ; 3° Pierre Riblier, instituteur à Chènedouit ; 4° le Jeu de la Soule; 5° Le Chevalier de la Tour; 6° La Peste d'Argentan en 1638 ; 7° Légende du Bocage Normand (p. 86-104). Chronique départementale (p. 105-124). Poésie : Le Passant et le Paysan, par G. Le Vavasseur (p. 124-126).

1868

Agriculture : État de l'Agriculture dans l'Orne (p. 16-22). Ferme-école du Saut-Gauthier (p. 22-24). Coup d'œil jeté sur le département de l'Orne, par la portière d'un wagon, par G. Le Vavasseur (p. 44-54). État de l'industrie et du commerce à Alençon, en 1787 (p. 57-64). Conseil Général de l'Orne : Session de 1867 (p. 65-73). Le Département de l'Orne à l'exposition universelle de 1867 (p. 74-79). Histoires et légendes : 1° Abbaye de Notre-Dame-de-Belle-Étoile ; 2° Le bon René ; 3° Souvenirs de la Révolution, par l'abbé Blin ; 4° Bellesme, son passé et son avenir, par M. de Chennevières; 5° Légende du château de la Lande-Patry ; 6° la Sœur Sainte-Opportune, par l'Abbé Lainé (p. 80-102). Chronique départementale (p. 102-117). La Mort du Paysan, par G. Le Vavasseur (p. 117-121).

1869

État de l'Agriculture dans l'Orne (p. 16-18). Concours et Comices (p. 19-20). La Normandie au Concours hippique de Paris (p. 20-21). Écoles de Dressage dans l'Orne (p. 22-23). Recueil des meilleures Foires de Normandie (p. 24-28). Coup d'œil jeté sur le département de l'Orne par la portière d'un wagon, par G. Le Vavasseur (p. 40-54). Réunion de l'Association Normande à Flers (p. 55-60). Histoire religieuse d'Argentan pendant la Révolution (p. 64-77). Conseil Général de l'Orne : Session de 1868 (p. 78-81). Histoires et légendes: 1° Notice sur M. l'abbé Le Bâcheur; 2° M. Druet des Vaux ; 3° Le Docteur Lecorney, d'Alençon ; 4° Paul Doynel et Auguste Lhermite ; 5° Le Père Eudes ; 6° Bagnoles-de-l'Orne ; 7° Légende du Château d'Alençon; 8° le Gui de chêne trouvé à Bellême; 9° un Poète alençonnais du XVIe Siècle ; 10° Le Général Cabieu (p. 81-109). Chronique départementale (p. 110-117). Anecdotes et Faits divers (p. 118-123). Le Retour du Soldat, par G. Le Vavasseur (p. 125-126).

1870

Enquête agricole dans le département de l'Orne (p. 16-23). Industrie Chevaline dans le département de l'Orne (p. 23-28). Recueil des meilleures foires de Normandie pour les chevaux (p. 31-34). Impressions de Voyage, par G. Le Vavasseur (p. 45-55). Histoire religieuse d'Argentan pendant la Révolution (p. 58-73). Histoires et légendes : 1° M. Dameron, Curé-Archiprêtre d'Argentan ; 2° La Chapelle-de-Grâce à St-Pierre-du-Regard ; 3° Le Père Jacotin ; 4° la Fosse-à-la-Femme ; 5° l'Abbé Jean-Marie Bunout, victime de la Révolution ; 6° Une Servante dévouée ; 7° Érection d'une chapelle en l'honneur de Sainte Opportune, à Almenêches ; 8° Nonant (p. 74-101). Conseil Général, session de 1869 (p. 102-105). Chronique départementale (p. 106-116). Anecdotes et faits divers (p. 117-120). Poésie : Marie, par G. Le Vavasseur (p. 121-126).

1871

M. et Mme de Moloré (31-35). Histoire Religieuse d'Argentan pendant la Révolution (p. 35-43). Enfance de Charlotte Corday (p. 43-45). Conseil Général de l'Orne : session extraordinaire de 1870 (p. 54-61).

1872

Recueil des meilleures foires de Normandie pour les chevaux (p. 38-40). Histoire religieuse d'Argentan pendant la Révolution (p. 86-97). Le prince Pierre de Berghes (p. 112-116). Faits divers (p. 117-122). Poésie-dialogue, par G. Le Vavasseur (p. 122-126).

1873

Recueil des meilleures foires de Normandie pour les chevaux (p. 34-37). Concours agricole de Briouze (p. 37-42). Les Mobiles de l'Orne (p. 43-66). Costume des paysans de l'Orne (p. 108-110). Poésie : Illi robur et Œs triplex. Fontaine Rurale, par G. Le Vavasseur (p. 121-126).

1874

Histoires : 1° M. de Caumont; 2° le Pape Pie IX; 3° Corbon; 4° Le Camp de Bière; 5° Les principales sonneries du diocèse de Séez; 6° le Chemin de fer de Caen à Flers (p. 64-86). Nécrologie : La Sœur Gondouin. — Mme de Turenne-d'Aynac. — M. Olivier (p. 87-89). Chronique départementale (p. 90-105). Les Pélerinages dans le Diocèse de Séez (p. 105-112). Poésie : Égoïsme et Indifférence, par G. Le Vavasseur (p. 121-124).

1875

Esquisses du Bocage Bas-Normand : 1° Une Noce au village; 2° le Sarrasin, par Jules Lecœur ; 3° l'École, par G. Le Vavasseur (p. 49-65). Agriculture et industrie (p. 66-80). Les Artistes du département de l'Orne au Salon de 1874 (p. 81-84). Nécrologie : M. l'Abbé de Fontenay. — Mme de Saint-Albin. — M. Daulne. — M. Letard-Bigottière. — M. Bertout (p. 85-90). Chronique départementale (p. 91-116). Anecdotes et faits divers (p. 117-124).

1876

Agriculture : Concours, Associations et Comices Agricoles (p. 28-39). Nécrologie : M. l'Abbé Lindet. — M. du Portail. — M. Lautour. — M. Xavier de Fontaines (p. 75-86). Chronique départementale (p. 87-104). Le Mont Cerisy, sa légende et son histoire (J. Lecœur) (p. 105-109).

1877

Agriculture et Industrie (p. 67-76). Un Type du Bocage : le Bouilleur ambulant, par J. Lecœur (p. 77-81). Notice sur la Lande-Patry, par J. Lecœur (p. 82-86). Nécrologie : Sœur Marie-Fébronie. — M. Delaunay. — Mme Rosalie Girard. — M. l'Abbé Valframbert (87-94). La Mort du Meunier, par G. Le Vavasseur (p. 95-101). Chronique départementale (p. 105-114). Poésie : Les Moissonneurs, par G. Le Vavasseur (p. 120-124).

1878

Nécrologie : Adolphe Thiers (p. 67-73). Chronique départementale (p. 74-92). L'Auberge des Tripes à la mode de Caen (p. 112-124).

1879

Aux Lecteurs de l'*Almanach de l'Orne* (16). Courses et Concours Hippiques (33-41). Comices Agricoles (42-53). Une petite conférence écrite, par G. Le Vavasseur (p. 100-112). Nécrologie: M. l'Abbé Laurent. — M. Vandier. — M. l'Abbé Jamot. — Le Harivel-Durocher (p. 113-121). La Pomme et le Pommier, par Paul Harel (p. 121-124).

1880

Association normande (p. 34-43). Comices agricoles (p. 44-56). Courses (p. 57-58). Haras du Pin (p. 59-61). Le Point de France, le Point d'Argentan (p. 80-82). Nécrologie : Le Prince Impérial (p. 88-94). Nouvelles départementales (p. 95-98). Fenaison, par Paul Harel (p. 99-101). Les Artistes du département de l'Orne (p. 102-108). Mort de M. l'Abbé Rault (p. 109).

1881

Courses de chevaux (p. 32-35). Concours et comices agricoles (p. 36-48). Duguesclin en Basse-Normandie (p. 63-68). Chronique départementale (p. 99-100). Les Artistes du département de l'Orne (p. 107-110). Nécrologie : le docteur Delaporte. — L'abbé Debaize (p. 111-120). Églogue, par G. Le Vavasseur (p. 122-124).

1882

Concours Hippique et Courses de Chevaux (p. 35-57). Concours et comices agricoles (p. 58-77). Chronique départementale (p. 91-102). Nécrologie: le Père Frébault. — Mme Gelée (p. 103). Costumes anciens, par J. Lecœur (p. 104-111). Postillons (p. 111-114). Les Artistes du département de l'Orne au Salon de 1881 (p. 115-122). Poésie : Août, par Paul Harel (p. 123-124).

1883

Agriculture : concours régional à Alençon (p. 39-41). Comices Agricoles (p. 47-59). Géographie du département de l'Orne (p. 73-77). Traditions et légendes : Andaine, la fée de Rânes. — Les Pierres affiloires de Gargantua (p. 84-90). Les Artistes du département de l'Orne à l'Exposition de 1882 (p. 98-100). Monseigneur Trégaro, Évêque-Coadjuteur de Sées (p. 101-102). Faits locaux (p. 103-119). Toast d'Antan, par Paul Harel (120-124).

1884

Concours hippique et Courses de chevaux (p. 43-57). Association normande. Comices agricoles (p. 57-66). Chronique départementale (p. 77-87). Nécrologie : Le Comte de Chambord. — L'Abbé Gallet. — Le Général Prévost. — Le Marquis de Chaverney. — Mme la Comtesse de Charencey. — Le Comte de Flers. — Léon Féret (p. 88-100). Mouvement artistique dans l'Orne en 1883 (p. 101-110). Impressions de voyage (p. 110-113). Petite Anthologie départementale (p. 119-128).

1885

Agriculture: l'Association Normande à Vimoutiers (p. 47-59). Industrie chevaline (p. 65-74). Chronique départementale (p. 75-90). Nécrologie : Le Docteur Ragaine. — M. Schnetz. — Henri Martin. — La Comtesse Rœderer. — M. Liard. — M. Dubuisson. — M. Brémontier. — Le Baron de Cheux. — M. Delaunay-Blin. — Le Comte de Madre. — M. H. Fauvel (p. 112-121). Les Artistes de l'Orne au Salon de 1884 (p. 122-126). Sous la côte, par Paul Harel (p. 126-128).

1886

Comices Agricoles (p. 55). Industrie Chevaline (p. 56-67). Chronique départementale (p. 68-91). Caractères et Portraits rustiques : L'Ossier ou le Rebouteux (92-98). Nécrologie : Victor Hugo. — L'Amiral Courbet. — La Sœur Rouillé. — Mme la comtesse de Saint-Paterne. — M. A. de Liesville. — M. Grollier. — M. Sénéchal (p. 111-122). Poésie : Aux Moineaux, par J. Germain-Lacour (p. 123-127).

1887

Industrie chevaline. La Production chevaline dans le département de l'Orne en 1886. Concours et courses (p. 68-75). Chronique départementale (p. 76-91). Nécrologie : M. de Falloux. — M. de Coulonges. — Sœur Dupont. — Mme la Baronne de Mackau. — M. Piget. — Isidore Métayer. — M. l'Abbé Leduc.

— M. Amédée de Caix. — M. Olivier. — Mme Albert Le Guay. — Le P. Ubald. — Le Marquis E. de Lonlay. — M. l'Abbé Jenvrin. — M. Amédée Le Dien. — Le Colonel des Moutis (p. 107-123). Les Artistes du département de l'Orne à l'Exposition de 1886 (124-130).

1888

Industrie chevaline. Concours et Courses. Concours agricoles (p. 65-85). Chronique départementale (p. 86-110). Nécrologie : Mme la Marquise de Champagne. — Alfred Vaudoré. — L'Abbé Blanche. — L'Abbé Geslain. — L'Abbé Louvel. — Ruprich-Robert. — Mme Le Vavasseur. — L'Abbé Hébert. — Général de Maussion. — Roulleaux-Dugage (p. 111-119). Anthologie ornaise (p. 124-128).

1889

Agriculture : Concours régional à Alençon. Comices agricoles (p. 36-52). Industrie Chevaline (p. 53-71). Chronique départementale (p. 72-83). Nécrologie : Le Maréchal Le Bœuf. — Nicolas Bouché. — M. Lemasquerier (p. 115-118). Salon de 1888 (p. 119-125). Cantique de Notre-Dame-des-Champs, par G. Le Vavasseur (p. 126-128).

1890

Comices Agricoles (p. 41-43). Industrie Chevaline (p. 44-65). Chronique départementale (p. 66-97). Élections départementales législatives (p. 98-103). Nécrologie : Sœur Victoire Préel. — Jules Davoust. — Sœur Nathalie Thomas. — Le R. P. Duval. — Mme Tourangin. — Le Marquis de Frotté. — Le Vicomte d'Orglandes. — L'Abbé Hubert. — Pierre Dufresne. — Le Vicomte Dauger. — Le R. P. Coulombe. — Symphor Vaudoré (p. 104-115).

1891

Association normande (p. 53-56). Comices agricoles (p. 57-58). Industrie Chevaline (p. 58-72). Météorologie (p. 73-81). Patois Normand (p. 82-90). Chronique régionale et départementale (p. 91-103). Nécrologie : M. l'abbé Dupont. — Baron Houssin de Saint-Laurent. — Vauloger de Beaupré. — L'Abbé Darel. — Le Comte d'Andigné (p. 104-110). Les Artistes du département de l'Orne aux Expositions des Beaux-Arts, en 1890 (p. 111-120).

1892

Industrie chevaline: concours, courses (p. 33-47). Agriculture. Association Normande (p. 48-52). Chronique départementale (p. 68-84). Courses de Chevaux (p. 85-86). Nécrologie: Philippe Moisson. — Mme Roger Desgenettes. — Les de Frotté. — Mme de Sérans. — La Comtesse de Flers. — Mme de Croisilles. — Mme la Comtesse de Quinsonas. — M. des Diguères. — Ernest Millet. — Le Marquis d'Oilliamson. — M. de Vaudichon. — M. Visage. — M. l'Abbé Le Cornu, Curé de Flers (p. 97-110). Beaux-Arts (p. 125-126). Poésie: aux Paysans, par Paul Harel (p. 127-128).

1893

Industrie Chevaline (p. 48-50). Concours divers (p. 51-65). Chronique départementale (p. 79-101). Nécrologie: M. Marchand-Saillant. — M. Loyer. — M. Baudry. — Le Général Eudes de Boistertre. — Le Docteur Libert. — Le Lieutenant-Colonel Marigues de Champrepus. — Le R. P. Le Vavasseur. — Mme Poriquet. — Le Comte de la Genevraye. — Le Docteur Jousset. — M. de Corcelle (p. 102-117). Beaux-Arts (p. 118-123). Patois normand (p. 124-126). Poésie: Grand'Mère, par A. S. d'Argentan (p. 127-128).

1894

Chronique départementale (p. 70-77). Nécrologie: Le Père Guittard. — Docteur Desnos. — Docteur Onfroy-Métairie. — Mme la Baronne de Caix. — Jules Tirard. — L'Abbé Gosnet. — Céneri Forcinal. — Georges Le Veillé. — Le Docteur Joubert. (p. 90-101). Patois normand (p. 102-108). Beaux-arts, les Artistes Ornais au Salon de 1893 (p. 109-122). Poésie: Toats, par G. Le Vavasseur (p. 123-128).

1895

Industrie Chevaline (p. 41-61). Chronique départementale (p. 62-97). Nécrologie: Carnot. — Le Comte de Paris. — La Mère Olivier. — Arthur Balluc. — Le Docteur Letaillieur. — Romain Vienne. — L'Abbé Jamet. — Le Docteur Goulard. — Mme la Comtesse Rœderer. — M. Daligault. — M. Legoux-Longpré. — Victor Fournel (p. 104-118). A Ernest Millet, Poésie par P. Harel (p. 127-128).

1896

Agriculture. Concours de la race bovine normande à Alençon (p. 64-65). Concours de Putanges (p. 70-71). Chronique départementale (p. 73-114). Nécrologie : Louis Blanchetière. — Léon de la Sicotière. — L'Abbé Hardy. — Le Commandant Chenel. — Le Comte Doynel. — La Comtesse d'Andlau. — Le R. P. Garnier (p. 115-124).

1897

Industrie Chevaline (p. 39-63). Chronique départementale (p. 74-89). Nécrologie : GUSTAVE LE VAVASSEUR (1). — Le Comte Rœderer. — M. Dauplev. — Le baron Hubert de Caix. — M. Fardouet. — Le Comte de la Ferrière-Percy. — Le Comte de Caulaincourt. — Baron et Baronne de l'Espée (p. 90-102).

(1) Nous lisons dans la *Nécrologie* de l'*Almanach de l'Orne* : « Le fondateur de l'*Almanach de l'Orne*, celui qui tout près d'un demi-siècle, en fut le rédacteur anonyme, M. Gustave Le Vavasseur, conseiller général du canton de Briouze, maire de la Lande-de-Lougé, lauréat de l'Institut, a rendu son âme à Dieu le 9 septembre 1896. Détail poignant : ce petit recueil où sa fin est annoncée, a été presque uniquement composé par lui ; l'éloge discret des morts de cette année fut écrit par une main qui est aujourd'hui glacée. »
Nous avons crû devoir arrêter à la dernière année, préparée par Gustave Le Vavasseur, cette étude bibliographique sur l'*Almanach de l'Orne*. Mais la petite publication populaire continue et parait devoir continuer longtemps encore, poursuivant, après la mort de celui qui l'a fondée, son action de propagande et de défense religieuse et sociale. C'est ainsi que les hommes, que les écrivains de bien, ne meurent point tout entiers, et se survivent dans leurs œuvres.

Alençon. — Typographie E. Renaut-De Broise. — 10. 98.

www.ingramcontent.com/pod-product-compliance
Ingram Content Group UK Ltd.
Pitfield, Milton Keynes, MK11 3LW, UK
UKHW022125260726
13993UKWH00003B/1241